Gian Maria Calonder

Engadiner Hochjagd

Ein Mord für Massimo Capaul

Roman

Kampa

Für den Blick hinter die Verlagskulissen:
www.kampaverlag.ch/newsletter

Originalausgabe
Alle Rechte vorbehalten
Copyright © 2020 by Kampa Verlag AG, Zürich
www.kampaverlag.ch
Lektorat: Bahar Avcilar
Satz: Tristan Walkhoefer, Leipzig
Gesetzt aus der Stempel Garamond LT / 210330
Druck und Bindung: Friedrich Pustet, Regensburg
Auch als E-Book erhältlich
ISBN 978 3 311 12015 5

I

Als Capaul am Mittwochmorgen um halb acht in Uniform die Mansarde im Gasthof Zum Wassermann verließ und in die Gaststube kam, saß seine Wirtin Bernhild kopfschüttelnd an ihrem kleinen mausgrauen Laptop, den sie mit einem Abziehbild des Eishockeyclubs St. Moritz verziert hatte. Sie trug das übliche Putzkleid und eine Schürze mit kleinen Fliegenpilzen. Ihr spärliches Haar war frisch getönt, karottenrot diesmal, dazwischen schimmerte die rosige Kopfhaut durch. Der zärtliche Blick, den sie ihm schenkte, als er sich zu ihr setzte, mahnte ihn, sich bald nach einer eigenen Wohnung umzuschauen. Nur war das im Oberengadin nicht einfach, umso mehr, als sein Lohn als Polizeidebütant noch mager war und er ziemlich hohe Schulden hatte.

»Hast du gehört?«, fragte sie und latschte in ihren grasgrünen Crocs hinter die Theke, um ihm Kaffee zu machen. »Am Linard Pitschen war gestern Abend ein Bergsturz. Wie aus dem Nichts kam plötzlich eine dicke graue Staubwolke aus der Val Lavinuoz und ist über Lavin gerollt.«

»Ach deshalb! Ich hatte mich schon gewundert, wieso die Fenster so verstaubt sind. Sie sehen aus wie gepudert.«

Die Brotscheiben im Körbchen waren in Plastik gewickelt gewesen. Er strich sich ein Marmeladenbrot und versuchte abzubeißen, es ließ sich aber nur reißen.

»Hallo? Ich sagte ›grau‹«, erklärte Bernhild inzwischen. »Das an den Fenstern ist Saharastaub, roter Saharastaub.

Der ist zwar auch erstaunlich, hat aber nichts mit dem Bergsturz zu tun.«

»Wer weiß«, sagte Capaul, um sich zu retten, »im Grunde hat alles mit allem zu tun.«

Sie stellte ihm seufzend den Kaffee hin.

»Du elender Besserwisser. Genauso gut kann man sagen, es ist eine Krankheit gewisser Leute, dass sie überall krampfhaft Zusammenhänge suchen.« Sie stellte sich hinter seinen Stuhl und ordnete notdürftig Capauls dunkles verstrubbeltes Haar. »Du hast doch heute dein Gespräch. Etwas frisieren hättest du dich schon können.«

»Wieso krampfhaft? Zusammenhänge sind doch schön! Und ja, ich habe das Gespräch. Ich kann mir aber kaum vorstellen, dass Gisler sich um meine Frisur schert. Er ist mein Offizier, nicht mein Zuhälter.« Er grinste.

»Sag mal, bist du überhaupt nicht nervös?«, fragte sie, wartete die Antwort aber gar nicht ab. »Wenn ich recht verstanden habe, geht es um nichts weniger als deine Zukunft. Suspendiert bist du schon, dabei hast du die Stelle nicht mal richtig angetreten. Heute heißt es Top oder Flop, oder nicht?« Sie sah zu, wie Capaul schweigend Schlieren von geronnenem Rahm aus seinem Kaffee fischte, dann fuhr sie fort: »Und was deine Frisur angeht: Doch, deinen Gisler wird das hoffentlich kümmern. Ein Polizist muss Vertrauen erwecken. Und dazu gehört eine ordentliche Frisur.«

»Oh, gewissen Leuten gefalle ich auch unfrisiert ganz gut.«

»Das weiß ich. Ich rede aber nicht von Verführung, sondern von Vertrauen. Das sind Gegensätze.«

Capaul lachte, dabei verschluckte er sich.

»Du redest heute einen Unsinn nach dem anderen«, stellte er fest, als er sich erholt hatte. »Was ist los mit dir?«

Sie setzte sich wieder an den Laptop. »Mir egal, ob du es für Unsinn hältst, ich weiß, wovon ich rede. Außerdem verdreht der Saharawind die Gedanken, das weiß jedes Kind. Oder besser gesagt der Föhn. Bei uns weht der Saharawind ja als Föhn, und Föhn verdreht die Gedanken.«

»Schon wieder so ein Blödsinn! Ich denke, du glaubst nicht an Zusammenhänge?«

Er wischte sich den Mund ab und erhob sich.

Beleidigt sah sie von ihrer Lektüre auf. »Ich sage nicht, dass es keine gibt. Es hängt nur nicht alles mit allem zusammen.«

»Was war denn der Grund für den Bergsturz?«

Sie überflog den Bildschirmtext. »Die Hitze offenbar. Es ist auch nicht normal, dass wir hier oben im November noch zwanzig Grad haben.«

Capaul triumphierte. »Also doch der Saharawind!«

»Klugscheißer.« Sie warf eine Papierserviette nach ihm, doch die flog nicht sehr weit. »Ich sage nur, der Staub am Fenster ... Ach! Wären alle Polizisten so wie du, würde die ganze Bevölkerung im Knast landen.«

»Unlogisch.«

»Was soll daran unlogisch sein?«

»Die Polizisten können die anderen nur einlochen, wenn sie selbst nicht eingesperrt sind. Also sitzt nicht die ganze Bevölkerung.«

Diesmal warf Bernhild einen Löffel, aber Capaul entwischte gerade noch durch den speckigen, vergilbten Plastikvorhang am Eingang.

Doch, er war nervös. Und wenn Capaul nervös war, wurde er albern. Er trat nach draußen und stieg die enge Gasse in den Dorfkern von Samedan empor, in dem das

Polizeirevier lag. Obwohl die hohen Häuser sicherlich den Wind bremsten, fühlte es sich an, als durchschreite er die Luftschleuse in ein Kaufhaus. Er wollte tief durchatmen, um sich zu entspannen, doch die Luft war heiß und trocken, schon beim ersten Einatmen pappten ihm Nase und Mund zusammen, außerdem schmerzte der Staub in den Augen.

Als er den Polizeiposten erreichte, musste er klingeln, er hatte wegen seiner Suspendierung noch nicht einmal einen Schlüssel. Sein Kollege Linard öffnete, die beiden verband keine Liebe. Linard hatte ihn wegen Falschparkens in den letzten Tagen schon zweimal gebüßt. Er telefonierte gerade und winkte nur lässig, dann zeigte er den Flur hinab.

Gisler erwartete Capaul im hinteren Sitzungszimmer. Auch er hatte offenbar mit dem Staub zu kämpfen. Als Capaul eintrat, saß er halb abgewandt und schnäuzte sich erst ausgiebig und sonor in ein Tempotaschentuch, dann reinigte er die Nasenlöcher aus jedem erdenklichen Winkel, indem er das Taschentuch immer von Neuem um den kleinen Finger drapierte. Nachdem er das Taschentuch im Papierkorb versenkt hatte, stöhnte er leise und fuhr noch zwei-, dreimal mechanisch über den buschigen Schnurrbart. Dann endlich streckte er Capaul die Hand hin.

»Ganz schön staubig draußen«, bemerkte Capaul.

Doch Gisler schien das Thema abgeschlossen zu haben. Er betrachtete Capaul mit bemüht wohlwollendem Blick, dann wies er auf einen Stuhl auf der anderen Seite des Sitzungstischs.

»Sie sind ja noch in der Probezeit«, stellte er fest, »genauer gesagt zu Beginn Ihrer Probezeit. Trotzdem waren Sie bereits fünf Tage wegen Reglementsverstößen freigestellt und zehn Tage krankgeschrieben.«

Capaul schaffte es, diplomatisch zu bleiben. »Ich freue

mich darauf, endlich den ordentlichen Dienst zu beginnen.«

»Glauben Sie denn überhaupt noch, dass Sie für die Polizei taugen?«

Capaul versuchte, Lockerheit auszustrahlen. »Vor nicht zehn Minuten hat man mir gesagt: ›Wären alle Polizisten wie du, säße das ganze Land hinter Gittern.‹ Abgesehen vom logischen Fehlschluss halte ich das für ein Kompliment.«

Gisler legte den Kopf schief. »Welchem Fehlschluss?«

»Nun, die Polizisten sitzen selbstverständlich nicht und gehören doch auch zur Bevölkerung.«

»Was macht Sie da so sicher?«

Capaul stutzte. »Was? Dass wir Teil der Bevölkerung sind?«

»Quatsch, dass ein Polizist wie Sie nicht hinter Gittern landet.«

Capaul war sich keiner konkreten Schuld bewusst, trotzdem wurden seine Hände sofort schwitzig, und er hielt sich unwillkürlich an der Tischplatte fest.

Gisler wartete noch immer auf Antwort, sein Blick war nicht grimmig, eher freundlich neugierig.

Capaul war erleichtert, er lachte verlegen. »Ich glaube an unser Rechtssystem«, antwortete er schließlich. Das war hochtrabend, aber ihm fiel nichts Besseres ein. »Ich vertraue darauf, dass jeder bekommt, was er verdient. Selbst wir Polizisten.«

»Und was haben Sie verdient?«

Capaul lachte lauter. »Bestimmt keinen Knast. Etwas Lob wäre nett. Ich habe vielleicht Fehler gemacht, aber mich ins Zeug gelegt. Am meisten jedoch wünsche ich mir Gelegenheit, im offiziellen Dienst zu beweisen, was ich wirklich kann.«

9

Gisler rieb sich wieder den Schnurrbart. »Ach, Sie sind zur Polizei gekommen, um sich zu beweisen? Das sagen mir sonst die Zwanzigjährigen. Sie sind wie alt?«

»Dreiunddreißig.« Er musste puterrot sein. »Natürlich will ich mich nicht beweisen wie ein Zwanzigjähriger. Was ich meine ...«

Gisler interessierte nicht, was er meinte. »Fragen wir anders«, unterbrach er ihn. »Was, glauben Sie, ist Ihre primäre Aufgabe?«

»Als Polizist oder im Leben?«

Das hatte klug klingen sollen, doch Gisler schien die Lust an ihrem Gespräch zu verlieren. »Ich sage es Ihnen, Capaul: Die Ordnung aufrechtzuerhalten. Normalen Bürgern ein normales Leben zu ermöglichen. Zu schauen etwa, dass niemand zu schnell fährt. Dazwischenzugehen, wenn jemand dreinschlägt. Zu beschwichtigen. Zu beschützen. Es ist nicht Ihre Aufgabe, Capaul, Misstrauen zu säen, Menschen zu verunsichern oder sie zu provozieren. Wer immer nur bohrt, Capaul, mag zwar dann und wann auf Öl stoßen, aber selbst wenn, muss man sich fragen, ob das permanente Bohren nicht viel mehr zerstört, als es einbringt.«

Capaul konnte sich ein Grinsen nicht verkneifen. Gleichzeitig schoss ihm Bernhilds Bemerkung durch den Kopf: Ein Polizist muss Vertrauen erwecken, nicht verführen.

Gisler war womöglich überrascht, dass Capaul nicht protestierte oder sich verteidigte, denn er fuhr um einiges sanfter fort: »Bei Polizist Meier werden Sie eine Geländeausrüstung fassen, danach fährt er Sie nach Lavin. Dort assistieren Sie der Dienststelle Zernez dabei, alles zu regeln, was mit dem Bergsturz zu tun hat. Genauer gesagt war es ein Felssturz. Sie werden dabei nicht denken, Capaul, nur zupacken. Das Denken überlassen Sie Ihren erfahrenen Kollegen. Glauben Sie, das schaffen Sie?«

Capaul nickte. »Danke, Herr Gisler.« Er stand auf und wollte ihm die Hand geben.

Gisler rührte sich nicht. »Für Sie immer noch ›Herr Offizier‹«, bemerkte er ruhig. »Polizist Capaul, abtreten!«

Damit hatte sein Dienst offiziell begonnen.

Leicht benommen verließ Capaul das Sitzungszimmer. Sein Kollege Linard – »Polizist Meier« – lümmelte in seinem Drehstuhl. Grinsend schob er ein Paar gut eingetragene Bergschuhe mit Stahlkappen und einen abgewetzten Geländeanzug übers Pult. Offenbar war der Ausgang des Gesprächs schon vorher klar gewesen.

Capaul verzog sich hinter eine Stellwand und wechselte die Kleider. »Was ist eigentlich der Unterschied zwischen einem Bergsturz und einem Felssturz?«, wollte er wissen, als er wieder hervorkam.

Linard zog einen Schlüsselbund aus der Schublade und ließ ihn locker um den Finger kreisen. »Einmal stürzt ein Berg, das andere Mal ein Fels, nehme ich an.« Pfeifend schnappte er seine Jacke und ging voraus.

Der Streifenwagen stand auf einem der Parkplätze direkt vor dem Revier.

»Ein Berg, das sind doch aber auch Felsen«, beharrte Capaul. »Der Berg stürzt ja nicht als Ganzes.«

Linard überhörte ihn. Kopfschüttelnd stand er vor dem Wagen und betrachtete die Staubschicht.

»Lass mich machen«, sagte Capaul und wollte ihn mit dem Ärmel wegwischen.

Linard zog ihn überraschend brüsk zurück. »Trottel, du zerkratzt die Scheibe! Das Zeug ist hart und scharf wie Diamantenstaub. Da hilft nur spülen.« Er öffnete die Tür, setzte sich hinters Steuer und sprühte Fensterreiniger auf die Scheibe. Der verwandelte den Staub zuerst in eine dunkle Pampe, dann fraßen sich einige Rinnsale hindurch, die immer breiter wurden. Endlich rutschten ganze Schollen herunter. Die letzten Reste beseitigte der Scheibenwischer.

Die Seitenfenster und die Heckscheibe blieben verklebt, im Wagen war es schummrig wie in einer Höhle – einer vom Geruch von Fensterputzmittel geschwängerten Höhle.

Capaul schnallte sich an, und Linard gab ihm eine Straßenkarte. »Schlag mal auf.« Er steuerte den Wagen aus dem Parkplatz, dann tippte er mit dem Finger auf Lavin. »Nördlich davon liegt der Piz Linard, und die kleine Spitze davor ist der Linard Pitschen. Das Material hat sich ganz oben gelöst, in dreitausend Metern Höhe, und ist bei der Alp d'Immez gelandet, tausend Meter tiefer. Nicht allzu viel, zwanzig-, dreißigtausend Kubikmeter, aber wer weiß, wie viel noch kommt.«

»Wie viel ist das?«

»Beim großen Unglück in Bondo waren es zwei Millionen, soviel ich weiß. Aber schon ein einzelner Stein kann töten. Und die Brocken in Lavin sollen bis zu sechzig Kubikmeter groß gewesen sein, so viel fasst ein Vierzigtonnen-Lastwagen.«

»Donnerwetter«, sagte Capaul. »Gab es Tote?« Sie fuhren nun den Inn entlang, dessen blassrote Farbe ihn an das Spülwasser bei einer Obduktion erinnerte.

Linard zuckte mit den Achseln. »Ich habe nur gehört, dass ein paar Wanderer und Sennen mit dem Helikopter ausgeflogen werden, ein Wanderer wird noch gesucht.«

»Und was tue ich?«

»Keine Ahnung. Ich weiß nur, dass Zernez Verstärkung

angefordert hat. Lavin und Susch sind seit ein paar Jahren Teil der Gemeinde Zernez.«

Ein Hubschrauber strich dicht über ihnen in Schräglage den Talboden entlang Richtung Unterengadin.

»Die ›Heli Bernina‹ ist in Samedan stationiert«, sagte Linard, »vermutlich ist er das.«

Capaul hatte gleich einige Fragen auf der Zunge, doch Linard kam ihm zuvor: »Mach mal das Handschuhfach auf. Da, der kleine Würfel, das ist ein Verstärker.« Gleichzeitig suchte er etwas auf dem Handy. »Perfekt, Dire Straits: *Sultans of Swing*. Dem Wetter zu Ehren. Steck ein und stell an.«

Er gab Capaul sein Handy, Capaul schloss den Verstärker an und drückte »Play«. Das kleine Teil hatte einen enormen Bass, an ein Gespräch war nicht mehr zu denken.

Capaul lehnte sich zurück und sah hinaus. Sie fuhren an Nadelwäldern und Wiesen vorbei. Die Lärchen standen nackt und krakelig an den steilen Hängen, ein Teppich aus goldenen Nadeln bedeckte den Waldboden und floss weiter, über das welke Gras bis hinab auf den Talgrund. Auch hier lag über allem ein Hauch Wüstenrot, doch das Gold war stärker. Der kleine Wasserfall dagegen, der kurz vor Susch über die Straßengalerie hinabschoss, erinnerte ihn wieder an den Seziertisch, und auch der Himmel dahinter schimmerte fahl wie die Haut eines Toten.

Capaul erwähnte es in der Pause zwischen zwei Liedern.

Linard lachte nur. »Wie viele Tote kannst du Frischling schon gesehen haben?« Gleich darauf begann das nächste Stück, und er sang lauthals mit: »If you wanna run cool, you got to run on heavy, heavy fuel.«

Capaul versuchte in Gedanken die Menschen zu zählen, die er in den Tod begleitet oder deren Leichen er gewaschen und eingekleidet hatte. Die Zeit vor der Polizeischule, als er noch im Sterbehospiz gearbeitet hatte, lag nicht weit zurück.

Er war noch nicht fertig mit Zählen, als Linard von der Kantonsstraße abbog und den Wagen durch Lavins enge Gassen führte, dann unter dem Bahngleis und wiederum der Kantonsstraße hindurchfuhr, um auf einen schlichten Abstellplatz am Waldrand zu gelangen, hinter dem ein Bach sich mit den Jahrhunderten oder Jahrtausenden einige Meter tief ins Gestein gegraben hatte. Neben ihnen stand ein Kastenwagen der Polizei geparkt. Ein Korporal und eine Polizistin mit Gefreitenabzeichen saßen darin bei geöffneter Tür, er funkte, sie telefonierte. Als sie Linard hinterm Steuer erkannte, winkte sie ihm fröhlich zu.

Linard grüßte, bedeutete mit einer Geste, dass er gleich wieder verschwinden würde, und schlug Capaul kumpelhaft auf die Schulter. »These mist covered mountains are home now for me«, sang er. »Wobei ›mist‹ nicht Mist meint, klar?«

Er ließ Capaul bei laufendem Motor aussteigen, wendete schwungvoll – wobei er eine Menge Staub aufwirbelte – und fuhr davon.

Danach war es still. Der Bach war nur ein dünnes steingraues Rinnsal von fast öliger Konsistenz, vermutlich war das Bett weiter oben mit Schutt verstopft. Von fern hörte er das Stottern des Hubschraubers und vom Kastenwagen her gelegentlich die Signalfrequenz – tüdelüt – des Funkgeräts.

Die beiden Beamten waren noch immer beschäftigt. Um die Zeit zu überbrücken, folgte Capaul der Straße weiter bergwärts. Allerdings überquerte sie gleich darauf den Bach, und um in Sichtweite seiner neuen Kollegen zu bleiben, kehrte er bald um, bewunderte eine bestimmt zwanzig, wenn nicht dreißig Meter hohe Lärche, die direkt am Bachbettrand pfeilgerade in den Himmel schoss, und wunderte sich, dass kein Gewitter, kein Erdrutsch, keine Schneeschmelze sie je mitgerissen hatte.

Nachdem er zum Parkplatz zurückgebummelt war, studierte er die Wanderwegweiser. Einer der Wege, beschildert mit *Chamanna Marangun*, war mit einem einfachen Streifenband abgesperrt, davor warnte eine provisorische Tafel: *Steinschlag! LEBENSGEFAHR!* Er schlüpfte unter dem Band hindurch und stieg einen steilen Pfad empor, der in einen sorgsam terrassierten, mediterran anmutenden Hang führte: Talwärts waren mit Maschendraht einige Gärtlein abgeteilt, bergwärts wechselten sich karge Wiesenstufen mit nacktem Fels, krummen Birken und dornigem Gestrüpp ab, vermutlich Alpenrosen.

Man sah von hier aus weit ins Tal. Auf halber Höhe am Berg schlängelten sich die Straße und die Eisenbahn, ganz unten floss der Inn zwischen Häusern hindurch, an Gärten und Äckern entlang. Ein kleines Dorf, nur ein Häuserkranz, lag erhöht, das musste Guarda sein. Bei seinem Anblick dachte Capaul unwillkürlich an eine Dornenkrone.

Die Freude, hier arbeiten zu dürfen, wurde nur getrübt durch den Staub, der in alle Öffnungen drang. Capaul spuckte aus. Als er sich umwandte, um zum Parkplatz zurückzukehren, überrannte er fast die Polizistin.

»Attenziun«, rief sie lachend – wobei sie eine staubverklebte Oberzahnreihe entblößte – und klammerte sich an ihn, bis sie das Gleichgewicht wiederfand. »Wir brauchen nicht noch mehr Tote.« Dann schüttelte sie ihm die Hand. Ihre war schmal, doch ausgesprochen kräftig. »Ich bin Barbla. Entschuldige, dass wir dich haben warten lassen. Komm.«

II

Capaul stieg hinter Barbla den abschüssigen Pfad hinab. Er hatte Mühe, ihr Tempo zu halten.

»Von Toten hat Linard gar nichts gesagt«, bemerkte er aufgeregt. »Wie viele sind es? Gibt es Verletzte? Was kann ich tun? Und wo sind alle anderen?«

»Welche anderen?«

»Armee, Räumungstrupps, Planungsstab, Sanitäter.«

Sie hatten den Parkplatz erreicht.

»Moment«, sagte Barbla belustigt, »das mit den Toten war so dahingesagt. Acht Leute waren in der Berghütte Chamanna Marangun, als es passiert ist, fünf Erwachsene, drei Kinder. Die werden gerade ausgeflogen, ich hoffe, sie genießen den Flug. Danach holt Franz, der Pilot, noch zwei Hirten raus.«

Während sie redete, löste sie ihr langes, fahlblondes Haar, das zu einer Art Knoten gebunden gewesen war, schüttelte es aus und band es neu. »Helfer haben wir nicht, das heißt, wir holen telefonisch Rat. Lavin ist nicht Bondo, per furtüna da Dieu.«

Während sie sprach, prägte Capaul sich die markanten Merkmale ihres Gesichts ein: die schmalen, schlecht durchbluteten Lippen, goldene Kügelchen an den fleischigen Ohrläppchen und ihre graublauen Augen, deren Iris ein kräftiger schwarzer Ring abschloss.

»Sieh mich nicht so an«, bat Barbla. »Ich ziehe zwei Kinder groß. Da bleibt keine Zeit, zum Friseur zu gehen, auch wenn ich nur Teilzeit arbeite. Hast du Kinder?«

Statt zu antworten, fragte er: »Was war das dann für ein Spruch mit den Toten?«

»Ach so. Einer ist verschollen, ein Sonderling aus dem Dorf, er heißt Tumasch. Seit wohl zwei Jahren steigt er praktisch jeden Tag hinauf in die Val Lavinuoz, um dort Steine fortzuräumen und aufzuschichten. Steine, die vom Berg fallen. Niemand weiß genau warum.«

»Die Steine fallen schon länger?«

»Ja, Steinschlaggefahr herrscht dort permanent. Und Tumasch räumt die Steine jeweils wieder weg. Seine Frau kann nicht mit letzter Gewissheit sagen, dass er gestern oben war, aber mit neunundneunzig Prozent Wahrscheinlichkeit. Zudem kam Tumasch in der Nacht nicht heim.«

»Kann man ihn nicht orten? Über sein Handy etwa?«

»Haben wir versucht, aber das Handy ist tot. Was wiederum dafür spricht, dass Tumasch dort oben ist, denn die Val Lavinuoz ist ein Funkloch.«

»Habt ihr es mit einer Wärmekamera versucht?«

Sie lächelte – bestimmt fand sie ihn altklug – und erklärte: »Bei diesen Temperaturen unterscheidet sich ein lebender Körper kaum von der Umgebung. Das ist das eine. Das andere: Selbst wenn wir Tumasch orten und er noch leben sollte, wie kriegen wir ihn von dort fort? Solange sich die Lage am Berg nicht stabilisiert, dürfen wir niemanden in die Falllinie schicken. Er müsste sich also selbst anseilen, und sogar dann käme der Hubschrauber nicht nah genug heran, um ihn hochzuziehen. Die Steine fallen tausend Meter tief und prallen ab. Trifft einer den Rotor, haben wir Tote im Plural.«

Das leuchtete Capaul ein. »Und was tun wir jetzt?«

»Nun, die Idee ist, dass du mit Franz hochfliegst und die Gegend mit dem Fernglas absuchst. Wir haben gehört, deinen schönen Augen entgehe nichts.«

Capaul wurde rot. »Wer sagt so was?«

»Linard natürlich. Wobei er es anders formuliert hat, nämlich als Warnung. Egal, hör zu: Franz nimmt dich an Bord, sobald er die Hirten abgesetzt hat. Er landet auf der anderen Talseite, auf dem Sportplatz eines Ferienheims. Roman fährt dich dorthin, ich selber fahre schleunigst heim und stelle mich an den Herd. Zu Hause wollen drei Männer gefüttert sein.«

»Die alle drei nicht kochen können?«

»Na ja, die Jungs sind acht und zehn, und mein Mann hat gerade mal eine halbe Stunde, bevor er wieder losmuss.«

Inzwischen hatte Roman, ein Fünfzigjähriger mit Wohlstandsbäuchlein und sorgfältig gestutztem Vollbart, der ohne Uniform als Lehrer durchgegangen wäre, den Kastenwagen verlassen und trat zu ihnen.

»Aktion abgeblasen«, erklärte er. »Der Staub greift angeblich das Hubschraubergetriebe an.«

Er reichte Capaul eine babyweiche, klamme Hand.

»So plötzlich?«, wunderte sich Barbla. »Die ›Heli Bernina‹ untersucht doch Bergstürze.«

»Nicht unser Staub ist das Problem, sondern der Saharastaub. Den weht es zwar auch öfters hierher, aber nicht in dieser Menge. Franz sagt, er frisst sich ins Metall, und das Gewinde leiert aus, oder so ähnlich. Die beiden Hirten hat er noch ausgeflogen, aber jetzt macht er Feierabend.«

Barbla verdrehte die Augen. »Che miseria! Also einmal mehr Plan B.« Sie ging zum Kastenwagen und griff zum Telefon.

Capaul fragte: »Und wie geht dieser Plan B?«

»B sco blöffar«, antwortete Roman. »B wie bluffen. Barbla gibt gleich die Meldung durch. In der heißen Phase einer Katastrophe muss jede Stunde eine Meldung raus, sonst steigt uns die Presse aufs Dach.«

»Und wenn es nichts zu melden gibt?«

»Eben blöffar«, sagte Roman. »Zusammen mit der Medienabteilung der Polizei in Chur fällt uns immer was ein. Steigen wir ein.«

Barbla hängte schon wieder auf. »Anke sagt, das öffentliche Interesse hält sich in Grenzen. Wir haben schon so was wie ein Schlusskommuniqué formuliert. Um drei Uhr sollen wir uns noch mal melden.« Dann hielt sie Capaul die Beifahrertür auf. »Rutsch durch, ich muss als Erste raus.«

Roman fuhr zum Bahnhof, dort stieg Barbla in ihr eigenes Auto um.

»Und was tun wir jetzt?«, fragte ihn Capaul.

»Die Geretteten befragen, ob sie Tumasch gesehen haben. Wir haben sie in der Crusch Alba hier in Lavin einquartiert.«

Das Wirtshaus Crusch Alba lag am Dorfeingang. Es handelte sich um ein altes Engadinerhaus mit tief eingeschnittenen Fensternischen und Sgraffiti, welche eine kletternde Gämse und verschiedene geheimnisvolle Zeichen zeigten.

Die Befragung war kurz und vergeblich. Die Wanderer – zwei neuseeländische Familien, die eigentlich schneeschuhwandern wollten – hatten den Tag auf dem Hüttenboden verbummelt und niemanden bemerkt, der weiter vorn im Tal Steine geschichtet hätte. Die Sennen ihrerseits hatten am Plan San Jon das Terrain sondiert, um vielleicht im kommenden Jahr dort einen Viehunterstand zu bauen. Auch sie waren also zu weit von der Stelle entfernt gewesen, an der Tumasch die Tage verbrachte.

Inzwischen hatte Franz Fotos gemailt, die er vom Hubschrauber aus gemacht hatte. Roman und Capaul setzten sich in den Kastenwagen, um sie auf Romans Handy zu sichten. Keines gab irgendeinen Hinweis auf den Verbleib des Sonderlings.

Um zwölf Uhr drehten sie das Radio an und hörten das Pressekommuniqué in den Nachrichten: »Bergabbruch im Engadin fordert mutmaßliches Todesopfer. Ein Felssturz am Linard Pitschen oberhalb von Lavin hat acht Wanderer und zwei Sennen über Nacht in der Val Lavinuoz eingeschlossen. Diese konnten heute früh unverletzt aus dem Krisengebiet geflogen werden. Die Suche nach dem verschollenen Einheimischen musste zwischenzeitlich eingestellt werden, da der Berg noch immer aktiv ist. Das mutmaßliche Opfer hatte sich zur Zeit des Niedergangs im Zentrum des Ablagerungsgebiets nahe der Alp d'Immez aufgehalten. Laut Meldung der Kantonspolizei Graubünden wurde der Sechsundfünfzigjährige mit hoher Wahrscheinlichkeit unter den Felsmassen begraben. An der Ostflanke des Linard Pitschen lösten sich am Dienstagabend rund dreißigtausend Kubikmeter Gestein und stürzten tausend Meter talwärts.«

»Was für ein Unsinn«, wunderte sich Capaul. »Es wurde doch noch gar nicht gesucht. Und ob Tumasch dort war, wissen wir auch nicht mit Sicherheit.«

»Natürlich haben wir gesucht«, sagte Roman und stieg aus dem Wagen, »vom Hubschrauber aus. Wir haben Fotos ausgewertet. Und wenn Tumaschs Frau sagt, er war in der Val Lavinuoz, dann war er auch dort. Komm, wir essen bei Emil.«

»Aber da könnte doch jeder kommen«, schimpfte Capaul und ging ihm nach. »Ich höre im Radio, dass in der Gegend ein Bergsturz ist, schlage meinen Mann tot und behaupte, er ist dort oben umgekommen.«

»Felssturz, nicht Bergsturz«, korrigierte Roman ruhig. »Und warum sollte Meta das tun? Sie hat ihn so viele Jahre ausgehalten. Jeder hätte verstanden, wenn sie Tumasch verlassen hätte. Was heißt ›verstanden‹. ›Geh‹, haben die Leute gesagt, ›mach was aus deinem Leben, du bist doch noch jung. Lass dich von diesem Krüppel nicht runterziehen.‹ Aber sie hat gesagt: ›Cla war mein Schicksal, und Tumasch ist mein Schicksal. Sein Schicksal wählt man nicht, und man weicht ihm auch nicht aus.‹ Cla, musst du wissen, war ihr Sohn. Er war noch ein halbes Kind, als er gestorben ist.«

»Woran?«

»Jagdunfall.«

»Und wieso Krüppel?«

»Tumasch hatte eine Gehbehinderung.«

»Und was du über diese Meta und die Leute gesagt hast, woher weißt du das alles? Seid ihr befreundet?«

»Nein, bei uns weiß man so was eben.«

Inzwischen hatten sie das Hotel Piz Linard erreicht, einen rosafarbenen Jugendstilbau, der den Hauptplatz dominierte. Roman trat in die Gaststube, sagte im Vorbeigehen etwas zur Wirtstochter und steuerte den Stammtisch an. Sie waren die einzigen Gäste.

»Trotzdem kann man doch kein Todesopfer melden, ehe man nicht die Leiche findet«, fing Capaul wieder an. »Dazu nur gerade einen einzigen Tag nach dem Unglück.«

»Warum nicht?«, fragte Roman und schnappte sich eine Scheibe Brot vom Nebentisch. »Was sonst? Weißt du, wie lange es normalerweise dauert, bis ein Vermisster für tot erklärt wird? Fünf Jahre. Fünf lange Jahre wartet die Ehefrau darauf, sich Witwe nennen zu dürfen, fünf Jahre lang bekommt sie keine Entschädigung, keine Rente, darf nicht wieder heiraten, hat kein Grab, an dem sie trauern kann. Meta hat das Glück, dass Bondo erst ein gutes Jahr her und noch in allen Köpfen ist. Die Leichen dort wurden auch nie gefunden, aber weil keiner Zweifel an ihrem Tod hatte, ging alles sehr schnell. Innerhalb von ein paar Wochen wurden die Vermissten für tot erklärt, und die Versicherung konnte zahlen. Es hier genauso zu halten, ist das Geringste, das wir für Meta tun können.«

Inzwischen hatte die Wirtstochter das Essen gebracht, für beide je einen Teller Capuns mit Salat und eine Karaffe Wasser. Offenbar hatte Roman schon beim Eintreten bestellt. Er schob sich die Serviette in den Hemdausschnitt und begann zu essen.

Die gerollten und gefüllten Mangoldblätter sahen hervorragend aus, doch Capaul konnte das Essen nicht genießen. »So was liegt ganz einfach nicht in unserer Kompetenz«, ereiferte er sich. »Die Polizei klärt die Fakten, die Gerichte interpretieren sie. So habe ich es gelernt.«

»Ein bisschen leiser bitte.« Roman tupfte sich den Mund ab. »Du hast ja recht, zumindest, was das Prinzip angeht. Nur sieht die Realität ganz anders aus: Die Gerichte sind völlig überlastet, Fälle werden verschleppt – nein, nicht einmal verschleppt, sie stauen sich einfach. Und warum? Weil die Gesetze nichts taugen. Sie sind das Problem, nicht der Vollzug. Weil sie schlicht nicht praktikabel sind. Die Gesetze werden eben nicht von Profis gemacht, nicht von Juristen und der Polizei, sondern von Politikern. Laien, die keine Ahnung von Tuten und Blasen haben. Und wir Profis baden das aus. Ich sage dir, ich habe mich krumm geschuftet, um dem ›Buchstaben des Gesetzes‹ zu genügen. Bis zum Burn-out. Ja, ich war ein halbes Jahr weg vom Fenster. Und Barbla hat Kinder. Erzähl du uns nichts von Kompetenzen. Wir haben Kompetenzen. Und glaub mir, es ist allen gedient, den Bürgern genauso wie der Justiz und den Politikern, wenn wir – ich rede immer nur von unbestrittenen Fällen, ja? – das Wohlwollen vor den Buchstaben des Gesetzes stellen.«

»Das Wohlwollen«, wiederholte Capaul verwundert.

»Ja, das Wohlwollen. Zu deiner Erinnerung: Im Zweifelsfall gilt die Unschuldsvermutung. Das steht im Gesetz. Und ist der Zweifel so verschwindend gering wie etwa bei Tumasch und Meta, dürfen wir uns durchaus die Kompetenz herausnehmen, diesen letzten winzigen Zweifel stillschweigend zu beerdigen.«

Roman hatte sich echauffiert, auf seine Stirn waren viele kleine Schweißtropfen getreten. Capaul hatte irgendwie Mitleid mit ihm, trotzdem konnte er es nicht lassen zu bemerken: »Also für mich klingt das nach Wildem Westen.«

Roman schnaubte. »Nenn es, wie du willst. Für mich ist es gesunder Pragmatismus, basta.« Er gab der Wirtstochter ein Zeichen, und sie brachte den Kaffee.

Gleichzeitig erschien ein hochgewachsener Mann mit markantem Gesicht im Küchendurchgang. Er kam beschwingt an den Tisch und erklärte: »Der geht aufs Haus. Hat es geschmeckt?«

»Eins a, wie immer«, antwortete Roman schon fast wieder ruhig. »Das ist Massimo, ein Neuzugang.«

»Emil, der Wirt. Willkommen in der schönen Provinz.« Markig schlug er in Capauls dargebotene Hand ein. »Maria, bringst du uns bitte drei Amari?«

Sie hatten offenbar schon parat gestanden. Nachdem Maria sie gebracht hatte, erhob Emil das Glas und verkündete launig: »Auf den armen Tumasch! Er hat den Tod gefunden, den er verdiente. Und auf Meta, die Gute, Tapfere! Was sie nicht schon alles ertragen musste.«

Roman seufzte zustimmend, dann tranken sie ihre Gläser leer.

»Was heißt ›den Tod, den er verdiente‹?«, erkundigte sich Capaul.

»Kurz und schmerzlos«, erklärte Emil. »Dazu liebte Tumasch Steine über alles. Man möchte fast sagen, Steine waren sein Leben. So gesehen hatte er einen Prachtstod. Ein Dreißigtausendtonnendenkmal, was kann man sich Schöneres wünschen? Sagt übrigens Meta, die Leichenfeier geht auf mich.«

Capaul wollte dagegenhalten, doch Roman kam ihm zuvor: »Offiziell ist Tumasch erst tot, wenn das Zivilstandesamt eine entsprechende Meldung macht.«

»Seht ihr denn noch Hoffnung?«, fragte Emil.

»Nein«, sagte Roman.

»Hoffnung gibt es immer«, antwortete Capaul zeitgleich, was Roman mit der Bemerkung kommentierte: »Er ist noch jung.«

Emil lächelte.

»Was ist Hoffnung?«, fragte er, die Antwort gab er selbst. »Für eine verlorene Seele wie Tumasch ist die einzige Hoffnung, dass irgendwann alles endet. Selbst wenn die Trümmer ihm noch nicht den Rest gegeben haben sollten, selbst wenn er verletzt, zerquetscht, ausgeblutet dort am Berg in Staub und Schutt liegt, um allmählich zu verdorren, wird er keinen Augenblick darum beten, gerettet zu werden, sondern immer nur darum, dass ihn bald der Tod ereile.«

»Was macht dich so sicher?«, fragte Capaul.

Emil dachte kurz nach. »Seit zehn Jahren führe ich jetzt dieses Hotel. Ich sehe die Männer am Stammtisch. Ich sehe die Männer, die den Stammtisch meiden und allein sitzen. In welcher Verfassung sie sind, erkenne ich an der Art, wie sie ihr Bier trinken, hastig, achtlos, bedachtsam, gierig oder mit heimlichem Ekel. Tumasch trank seines gar nicht. Er vergaß es. Er saß eine Stunde, zwei Stunden lang hinter dem vollen Glas, innerlich ausgelöscht. Eine Hülse. Er lebte nicht mehr, er saß seine Lebenszeit ab wie eine Strafe.« Er hatte sich vorgebeugt und die letzten Sätze ganz leise gesprochen, im Tonfall eines Märchens.

»Seine Strafe wofür?«, fragte Roman gebannt.

Emil lehnte sich zurück und streckte die Beine aus. »Ich weiß es nicht.«

Capaul wollte wissen: »Warum hat er sich dann nicht umgebracht?«

»Weil die Strafe gerecht war, nehme ich an«, sagte Emil fast süffisant. »Er hat sie angenommen. Nein, mehr noch: Er hat sie verschärft. Er hat die letzten Jahre damit zugebracht, Steine zu schleppen wie ein Zuchthäusler.«

»Bisher hatte ich bei Tumasch das Bild von einem Dorftrottel«, gestand Capaul, »doch in deinen Augen ist er fast ein Philosoph.«

»Wo ist der Unterschied?«, fragte Emil.

Und Roman lachte: »Emil ist unser Philosoph.« Dann schlug er mit den Handflächen auf den Tisch und stand auf. »Die Mittagspause ist vorbei, mich ruft das Büro. Du, Capaul, suchst inzwischen jemanden, der bezeugen kann, dass Tumasch gestern auf der Alp d'Immez war.«

»Und wo finde ich diesen Zeugen?«

Emil begleitete sie hinaus.

»Es gibt zwei Orte, an denen die Leute gesprächig werden, das Wirtshaus und den Friedhof.«

III

Capaul ließ sich den Weg zur Baselgia San Güerg zeigen. Während er die Dorfstraße entlangging, hörte er es dreimal vom Piz Linard her knallen. Ein rotbackiger Vierzigjähriger, der übers Handy gebeugt auf dem Kinderspielplatz beim Volg gesessen hatte, sah auf.

»Wenn das nur kein neuer Felssturz ist«, sagte Capaul.

»Nein, das waren Schüsse«, behauptete der Mann. Er war blond mit Tendenz zur Mittelglatze, trug ein goldenes Handkettchen und moderne Funktionskleidung. »Von einem Felssturz würde man hier im Dorf allenfalls ein Rumpeln hören. Man hat mich schon gewarnt, es ist chatsch'extra, Nachjagd. Mittwoch, Samstag und Sonntag werden die Rehe und Hirsche abgeknallt, die die Jäger im September verpasst haben.« Er stand auf, schulterte den Rucksack und bog auf den Weg zum Piz Linard ein. Capaul ging in die andere Richtung, doch dann überlegte er es sich anders und folgte dem Blondschopf unter der Eisenbahnlinie und der Straße hindurch bis zum Parkplatz Chamonna dal Linard, wo er am Morgen Barbla und Roman kennengelernt hatte.

»He«, rief er. Der Mann blieb stehen und drehte sich um. »Wenn da oben geschossen wird, sollten Sie Ihre Wanderung besser auf einen anderen Tag verschieben.«

»Wo ich hingehe, ist Wildschutzzone.«

»Und wo wäre das?«

Der Blondschopf zeigte hoch zur Val Lavinuoz.

»Der Weg ist gesperrt, und nicht ohne Grund.«

»Der Felssturz, ich weiß Bescheid. Mein Name ist Freitag, ich bin Kantonsgeologe und verantwortlich für dieses Gebiet. Ich weiß sehr wohl, was ich tue.«

Sie schüttelten die Hände.

»Capaul, Kantonspolizei. Warum hat mir niemand gesagt, dass Sie kommen?«

»Ich hätte mit dem Hubschrauber fliegen sollen, der Flug wurde abgeblasen. Es hat mir aber keine Ruhe gelassen, einen Felssturz von diesem Ausmaß hatten wir nicht erwartet. Ich muss mir unbedingt die Abbruchstelle ansehen.«

»Nehmen Sie mich mit?«

»Haben Sie einen Helm?«

»Nein, aber ich kann ja Abstand halten.«

»Wenn Sie Abstand halten wollen, bleiben Sie hier. Die Anweisung, die ganze Val Lavinuoz abzusperren und nicht nur die Alp d'Immez, kam von mir, und nicht von ungefähr. Die Steinmassen können aufbranden, es kann Querschläger geben, alles Mögliche ist denkbar.«

»Wenigstens ein Stück, ich möchte mich mit Ihnen unterhalten.«

»Na schön, dann kommen Sie.«

Freitag bückte sich unter der Abschrankung hindurch und stieg voran. Er hatte einen starken Körpergeruch, gegen das auch sein Deodorant nicht ankam. Die ersten Wegschlaufen waren steil, und Capaul wunderte sich, wie Tumasch mit seiner Gehbehinderung täglich hoch- und wieder heruntergekommen sein sollte. Erst als sie das Steilstück überwunden hatten, sah er, dass von der Kirche her eine Schotterstraße hochführte.

Sie kamen in den Wald, es duftete nach gefallenem Laub und dürrem Holz. Doch auch hier verklebte der Staub die Schleimhäute. Nachdem Capaul zu Freitag aufgeschlossen hatte, fragte er: »Was ist eigentlich der Unterschied zwischen einem Bergsturz und einem Felssturz?«

»Die Masse und die Fließgeschwindigkeit. Der Bergsturz ist größer, entsprechend sind die Kräfte ganz andere. Rutschendes Gestein verhält sich ähnlich wie Wasser. Verbindet es sich dazu tatsächlich mit Wasser, indem das Gestein etwa in einen Bergsee stürzt und eine Flutwelle auslöst, erreicht die Geröllmasse eine Geschwindigkeit von bis zu hundert Stundenkilometern.«

»War das in Bondo der Fall?«

»So ähnlich. Noch schlimmer wird es, wenn Eis mit abbricht. Es wird durch den Druck beim Aufprall verflüssigt oder verdampft gar, und auf diesem Dampfkissen gleitet der Schutt wie ein Luftkissenfahrzeug.«

»All das war hier aber nicht der Fall.«

»Nein, der Felssturz von gestern war überraschend, aber weitgehend harmlos – wenn man bei einem Toten noch von ›harmlos‹ sprechen kann. Was mich erschreckt, ist der Zeitpunkt. Die Ostflanke des Linard Pitschen ist schon länger lose, allerdings spottet der Berg mit der Geschwindigkeit, in der er zerfällt, allen Prognosen.«

»Zerfällt?«

Freitag antwortete nicht. Er öffnete seinen Rucksack, zog eine altmodische Blechflasche heraus, spülte den Mund aus und trank sie leer. Capaul nutzte die Gelegenheit, sich kurz auf einen flechtenbewachsenen Stein zu setzen und den Blick schweifen zu lassen. Sie hatten den Wald verlassen, vor ihnen lag die Val Lavinuoz mit ihrem handtuchschmalen Talboden, durch den sich das Bächlein Lavinuoz schlängelte. Daneben stiegen die Hänge steil an, ein, zwei Kilometer hoch.

»Ja, zerfällt«, sagte Freitag. »In fünfzig Jahren werden

die Alpen ein völlig anderes Gesicht haben. Sagt Ihnen das Wort ›Permafrost‹ etwas?«

»Ich habe eine ungefähre Ahnung.«

»Die Berge sind in ihrem Inneren und in den oberen Lagen permanent gefroren. Die Sommer waren bisher zu kurz, die Durchschnittstemperaturen zu tief, als dass die Berge auftauen konnten. Das ändert sich nun mit der Klimaerwärmung, sehr plötzlich und mit weitreichenden Folgen. Der Frost hält nämlich Massen von losem Gestein zusammen. Bleibt er aus, rutscht es ab. Der Frost dichtet außerdem den Berg nach außen ab, macht ihn quasi wasserdicht. Regen und Tauwasser prallen ab. Nun aber dringt das Wasser immer tiefer in den Berg ein, in den unteren Lagen entsteht auf diese Weise enormer Druck, der den Berg sprengt. Das alles wussten wir Wissenschaftler zwar, nur gingen wir davon aus, dass der Prozess Jahrhunderte dauern würde. Offenbar haben wir uns geirrt.«

Er setzte sich wieder in Bewegung. Capaul stemmte sich hoch und folgte ihm.

»Ein dritter Faktor«, erklärte Freitag, »ist die Gletscherschmelze. Seit der Klimaerwärmung schmelzen in den Alpen jedes Jahr zwei Millionen Kubikmeter Eis. Die Gletscherzungen schrumpfen rasant. Sie hatten ebenfalls viel Geröll gebunden, man könnte sagen, bei ihrer Entstehung sind sie auf dem Geröll gefahren und haben es nicht nur eingefroren, bei dieser Fahrt haben sich unterm Gletscher auch immense Wälle und Aufhäufungen gebildet. Schmilzt er nun weg, liegen diese Aufhäufungen frei, und falls ihre Lage instabil ist, haben wir Steinschlag, Erdrutsche, Lawinen. Dazu kommt, dass sich durch die Schmelze neue Seen bilden, die zwar hübsch anzusehen sind, aber es sind Todesfallen. Stürzt nämlich so ein Wall in den See, löst er eine Flutwelle aus, die ein Dorf wie Lavin durchaus auslöschen könnte.«

Freitag hatte angehalten und zeigte auf zwei Bergspitzen. »Da zum Beispiel, sehen Sie? Das sind der Piz Chapütschin und das Verstanclahorn, zwei Dreitausender mit sehr schönen Gletschern. Darunter liegt die Hütte Marangun, von wo heute früh die Wanderer ausgeflogen worden sind. Ich wette, in ein paar Jahren gibt es diese Hütte nicht mehr.« Er öffnete abermals den Rucksack und zog den Helm und ein Fernglas heraus. »Und jetzt ist es Zeit, Lebewohl zu sagen. Weiter nehme ich Sie nicht mit.«

Vor ihnen lag eine karge, doch hübsche Landschaft, bewachsen mit Lärchen, Vogelbeerbüschen und hohen, inzwischen verdorrten Disteln, zwischen denen Falter flatterten. Abgesehen von der Staubwolke, die noch immer über dem Tal lag, wirkte sie völlig friedlich. Capaul wies auf zwei Häuser. »Ein paar Fragen müssen Sie mir noch gönnen. Ist das die Alp d'Immez?«

Freitag nickte.

»Und wo genau war der Felssturz?«

Die Stelle, auf die Freitag zeigte, wirkte unbedeutend klein in der Weite der Landschaft.

»Und da gehen Sie jetzt hin?«

»Nein, ich steige auf den Gegenhang, von dort aus sehe ich die Abbruchstelle.«

»Können Sie mir noch sagen, wo genau Tumasch seine Steinmännchen gebaut hat?«

»Von Steinmännchen weiß ich nichts, aber ein Mann hat dort Haufen aufgeschichtet, genau da, an der Stelle, die jetzt verschüttet ist. Ich habe ihn einmal darauf aufmerksam gemacht, dass er sich die gefährlichste Stelle überhaupt ausgesucht hat.«

»Und was hat er geantwortet?«

»›Was wollen Sie? Ich räume Geröll weg. Das kann ich nur dort wegräumen, wo es rollt. Und fragen Sie die Leute im Dorf, wird Ihnen jeder sagen: Wenn es um einen von uns nicht schade ist, dann um Tumasch.‹«

»Tun Sie mir den Gefallen und halten nach ihm Ausschau?«

»Ausschau?« Freitag lachte. »Der Schuttkegel mag von hier nach nichts aussehen. Aber ich schätze, dort liegen zehn bis fünfzehn Meter Abbruchmaterial. Da wittern wohl nicht einmal mehr Suchhunde etwas.«

Er hob die Hand zum Gruß und wollte gehen. Eben da pfiff ein Murmeltier, ein zweites antwortete.

»Die sollten längst Winterschlaf halten«, stellte er fest.

»Vermutlich hat sie der Felssturz geweckt. Alles gerät durcheinander.«

»Alles?«

»Ja, weil alles zusammenhängt.«

»Auch der Saharawind und dieser Felssturz?«

»Natürlich, doppelt und dreifach. Jede Wärmeperiode, und besonders eine so spät im Jahr, hat Einfluss auf den Permafrost und damit auf den Felsabbruch. Beide sind Kinder der Klimaerwärmung. Mit zunehmender Erwärmung der Polkappen wird auch der Jetstream abgeschwächt, jenes horizontale Windband, das auf der Höhe Mitteleuropas den Globus umzieht. Das hat zwei Folgen: Hoch- und Tiefdruckzentren bleiben stationär, statt zu wandern, das fördert Extremereignisse wie Dürren oder Flutkatastrophen. Und vertikale Winde – Eiswinde aus dem Norden, Glutwinde aus dem Süden – werden nicht mehr abgelenkt, sondern treffen uns mit ganzer Wucht. Momentan bestimmt ein Tief über Spanien unser Wetter. Und es sieht nicht aus, als ob es bald weiterwandern würde. Gut möglich, dass der Wüstenwind noch zwei, drei Wochen bei uns bläst. Aber jetzt muss ich wirklich los, die Tage sind schon sehr kurz.«

Wieder hob er die Hand zum Gruß, und diesmal ging er auch.

Capaul kehrte um. Er freute sich auf Bernhilds Gesicht, wenn er ihr die Katastrophe auseinandersetzte, und wiederholte immer wieder Freitags gelungenste Formulierungen, um sie sich einzuprägen. Währenddessen hörte er im Tal das Martinshorn der Ambulanz, doch erst als er Roman oder Barbla den Kastenwagen mit Blaulicht durch Lavin steuern sah, legte er einen Zacken zu und rannte schließlich auf dem steilen Wiesenpfad. Kurz vor der Absperrung beim Parkplatz glitt er noch aus und rutschte darunter hindurch.

Roman und Barbla, die beim Auto standen, mochten darüber nicht lachen.

»Du warst nicht erreichbar«, schimpfte Roman.

»Ich habe den Geologen befragt, einen gewissen Freitag. Wir waren wohl im Funkloch. Was ist los?«

»Ein Jagdunfall auf halber Höhe am Piz Linard«, sagte Barbla. »Ein Toter.«

»Und warum fahrt ihr nicht hoch?«

»Weil der Krankenwagen mit der Leiche schon hierher unterwegs ist.«

»Aber wie kommt das?«, rief Capaul aus. »Wer hat die Leiche freigegeben? Wir hätten doch zuerst den Unfallort inspizieren und die Spuren sichern müssen.«

»Wir sind nicht auf der Polizeischule«, bemerkte Roman spitz. »Zwei Jäger haben Duris Leiche gefunden und waren nicht sicher, ob er noch lebt. Sie haben als Erstes den Notarzt alarmiert und dann Duri zur Straße geschleppt, damit er gleich behandelt werden kann. Das war durchaus vernünftig.«

»Na schön, aber damit sind alle Spuren flöten.«

Roman ließ eine Art Ächzen hören. »Massimo, nochmals: Die Engadiner sind friedliche Leute. Nicht jeder Tote bedeutet einen Mordfall.«

Dann kam der Krankenwagen über die Brücke gefahren und parkte. Die Fahrerin und der Rettungssanitäter stiegen aus und öffneten die Hecktür, um den Polizisten die Leiche zu zeigen. Sie lag im Leichensack. Der Arzt, der bei der Bahre saß, war grün im Gesicht.

»Ich vertrage die Kurven schlecht«, sagte er und drängte sich an ihnen vorbei, um auszusteigen und ein paar Schritte zu gehen.

Capaul öffnete den Reißverschluss des Leichensacks. Der Tote war in Jagdkleidung, ein kleiner, stämmiger Mann mit dichtem, grau meliertem Haar und Vollbart. Der Bart war ebenso blutgetränkt wie seine Jacke. Die Haut war ähnlich fahl wie die des Arztes. Im Gesicht waren mehrere kleine Wunden.

»Woran ist er gestorben?«, fragte Capaul.

»Verblutet«, meinte der Arzt. »Die Arteria carotis externa ist zerfetzt, die äußere Halsschlagader. Unter anderem.«

Und Roman erklärte: »Die Leiche geht jetzt nach Chur zur Obduktion. Morgen oder übermorgen wissen wir Genaueres.«

»Vielleicht geht es auch schneller«, antwortete Capaul. »Macht mal Fotos, ich rufe Fritz Marx an.«

»Wer ist das?«, fragte Barbla.

»Na, der Gerichtsmediziner. – Hier Massimo Capaul, KP Engadin«, sprach er ins Telefon.

»Ich weiß schon, die Tunnelleiche«, sagte Marx am anderen Ende. Capauls letztes Telefonat mit Marx lag nur wenige Wochen zurück. Die Erinnerung an den jungen Tiroler Mineur der Rhätischen Bahn, der zwischen Zug und Tunnelwand aufgerieben worden war, war nicht schön.

»Genau«, bestätigte Capaul. »Leider ist auch diese Leiche in ähnlicher Verfassung. Können wir dir ein, zwei Fotos mailen?«

»Klar, nur zu.«

Der Rettungsdienst hatte inzwischen die Bahre aus dem Wagen gezogen und auf dem Parkplatz aufgestellt. Roman errichtete einen Sichtschutz, Barbla knipste mit dem Smartphone. Marx gab seine Mailadresse durch, und sie schickte ihm direkt die ersten Bilder.

Marx murmelte vor sich hin, während er sie betrachtete, dann stellte er fest: »Sieht nach Schrot aus. Riech mal an den Einschusslöchern der Jacke, Capaul. Riecht es verbrannt?«

Capaul beugte sich über die Leiche und roch. »Nein.«

»Dachte ich mir, ich kann auch keine Versengungen erkennen. Macht mal noch ein Foto vom Hals.«

Capaul ließ sich vom Sanitäter Latexhandschuhe geben und hob den Bart an. »Barbla, wir bräuchten noch ein Foto.«

Barbla knipste, dann wandte sie sich ab und übergab sich. Roman übernahm es, das Foto abzuschicken.

Nur Sekunden später erklärte Marx: »Da ist noch zu viel Blut. Könnt ihr es mal eben abspülen?«

»Hat jemand Wasser?«, fragte Capaul.

Der Sanitäter schnitt ihm einen Beutel Salzwasserlösung auf, und Capaul wusch das Blut ab, so gut es ging. Fast alles Gewebe war zerstört, die Luftröhre und die Wirbelsäule lagen frei. Der Kopf der Leiche lag nun in einem See von Blutwasser.

»Wer knipst?«, fragte Capaul. »Könnte bitte jemand knipsen?« Die Fahrerin nahm Roman das Handy ab, knipste und schickte das Foto. Capaul hörte durch den Hörer das Pling, als es drüben ankam.

»Ah ja, wunderbar«, murmelte Marx. »Ganz schön konzentrierte Ladung, kaum Streuung. Schussdistanz ein halber Meter, plusminus zehn Zentimeter. Zum Kaliber kann ich nichts sagen, aber heutzutage verschießen fast alle 12er-Munition.«

»Sieht es nach Unfall aus?«, fragte Capaul.

Marx zögerte. »Kann sein, dass ihm die Flinte aus der Hand gerutscht und auf einen Stein geknallt ist. Andererseits sitzt der Schuss so schön mittig, dass ich eher meine, da hat wohl jemand gezielt.«

»Mord?«

»Oder Selbstmord. Wobei ein halber Meter ganz schön viel ist. Lange Arme hat der Typ ja nicht gerade. Entweder hat er den Schuss mit einem Stock ausgelöst, oder er hat mit dem Zeh abgedrückt. Trägt die Leiche Schuhe?«

Capaul sah nach. »Nein.«

»Na, siehst du. Wenn wir Glück haben, finden wir auf Füßen oder Socken Pulverspuren, damit wäre die Sache schon ziemlich eindeutig. Aber muss nicht sein, moderne Flinten schießen leider ziemlich sauber. Jedenfalls ein interessanter Fall, der eine öde Woche aufpeppt. Ich freue mich auf die Leiche.«

»Gern geschehen und vielen Dank.« Capaul hängte auf.

Inzwischen waren auch die beiden Jäger auf dem Parkplatz eingetroffen, die den Toten gefunden hatten. Sie hießen Steivan und Hermann und standen nun bei den Polizisten.

»Wie geht es weiter?«, fragte Capaul mit einer gewissen Ungeduld. »Wer befragt die Jäger und das Rettungspersonal, wer inspiziert den Schauplatz, wer sagt der Familie des Opfers Bescheid, wer übernimmt die Kommunikation?«

»Ich muss aufpassen, dass ich mich nicht gleich wieder übernehme«, sagte Roman. »Wenn ich ausfalle, nützt das niemandem.«

»Und mich erwarten meine Jungs«, erklärte Barbla. »Mit dem einen muss ich für eine Deutschprüfung pauken, den anderen zum Fußball fahren.«

»Verstehe ich alles«, sagte Capaul. »Dann sollten wir um Verstärkung bitten.«

»Du bist die Verstärkung«, erklärte Roman.

Sie einigten sich darauf, dass Roman die Zentrale informierte und auf dem Heimweg den Rettungsarzt befragte. Barbla informierte die Familie des Toten und versorgte anschließend ihre eigene, während Capaul mit den Jägern hoch zur Fundstelle fuhr, sie sichtete und absperrte. Am anderen Morgen würden er und Barbla gemeinsam die Trauerfamilie verhören und hoffentlich den Fall abschließen.

»Sehr schonend und taktvoll verhören natürlich«, mahnte Roman.

Capaul holte im Kastenwagen Spurensicherungs- und Absperrmaterial, dann stieg er bei den Jägern zu. Beide trugen Faserpelzjacken und rochen nach Tier. Steivan, dessen wettergegerbtes Gesicht trotz der Wärme eine Fellmütze mit Ohrenklappen umrahmte, fuhr einen verbeulten Toyota mit Hochlader, auf dem ein kapitaler Hirsch vertäut lag.

»Glückwunsch«, sagte Capaul.

»Weidmanns Dank«, antwortete Hermann von hinten, der, wie er bescheiden vermerkte, einen sauberen

Kammertreffer abgegeben hatte. Er trug eine Schirm-kappe wie früher die Soldaten, hatte im Gegensatz zu Steivan weiche, blasse Haut und bläulichen Bartschatten.

Steivan fuhr durch den Wald, den God Laret, hinauf zur Stelle, an der sie Duri den Sanitätern übergeben hatten. »Wir hatten uns getrennt, um uns dem Rudel von oben und unten zu nähern«, erzählte er während der Fahrt. »Hermann und ich sind weiter in die Val Sagliains hinein-gefahren, bis zum Plan da Bügl. Duri nahm den Fußweg hinauf zur Chamonna dal Linard. Wir wussten, dass das Rudel irgendwo in den Vals da l'Aua stecken muss. Ir-gendwann haben wir Duri aus den Augen verloren …«

»Was, so nah beieinander wart ihr?«, wunderte sich Ca-paul.

»Mit dem Feldstecher natürlich«, erklärte Hermann. »Wenn man sich während der Jagd aufteilt, versucht man, über den Feldstecher in Kontakt zu bleiben und sich Zei-chen zu geben.«

»Oder wenn man Empfang hat, telefoniert man«, er-gänzte Steivan. »Jedenfalls haben wir ihn schießen hören, und ich habe noch gedacht: ›Komisch, dass er schießt‹, weil wir nämlich das Rudel direkt vor uns hatten. Und dann stand der Hirsch auch schon ideal in Position, Her-mann hat ihn erlegt, und wir haben ihn abgeschleppt.«

»Wie?«, fragte Capaul neugierig. »Der wiegt doch sicher hundert Kilo?«

»Bergauf mit der Seilwinde auf einer Plane, wir haben so kleine Seilwinden. Man zieht ihn von Baum zu Baum, oder auch von Fels zu Fels. Bergab machen wir das von Hand.«

Hermann sprach dazwischen: »Davor haben wir aber versucht, Duri zu erreichen, damit er uns hilft. Aber er hat sich nicht mehr gemeldet.«

»Wir dachten, er hat die Schüsse gehört und will sich vor dem Abschleppen drücken.«

»War er denn einer, der sich gern drückt?«

»Ach was, wir haben eben geredet, was man so redet«, behauptete Steivan und warf Hermann über die Rückenlehne einen Blick zu.

»Aber wie war er denn?«

Beide schwiegen, dann sagte Hermann ausweichend: »Er war eben Politiker, er hat schon zweimal für den Großrat kandidiert. Und er war Gemeindeschreiber. Mit solchen Leuten ist man nun mal nicht so eng wie mit den normalen Leuten.«

»Und ich dachte, Jagdgesellen sind wie Brüder.«

»Nein«, sagte Steivan. »Man schließt sich zusammen, wenn es anders nicht geht. Da teilt man auch die Hütte oder vielleicht sogar das Bett. Aber am liebsten sind wir allein unterwegs.«

Er parkte den Toyota, und sie stiegen aus.

IV

Die blutige Plane, auf der sie Duri durch den Wald bis hierher geschleift hatten, lag am Wegrand. Die Schleifspur war im goldenen Lärchennadelteppich gut zu sehen. Steivan und Hermann hatten den Körper direkt durch den Wald in Fallrichtung gezogen. Bergaufwärts war ihnen das jetzt zu steil, sie nahmen den Fußweg und erreichten nach zwanzig Minuten eine kleine Lichtung im Wald. Auf deren Bergseite, am Fuß einer Lärche, die eng an einen Felsen geschmiegt stand, breitete sich unübersehbar ein Blutfleck aus. Blut war auch am Baumstamm, am Felsen, am Rucksack, der geöffnet am Boden lag, und an der Flinte. Das Blut daran war vermischt mit Lärchennadeln. Nur die Schuhe waren sauber, sie standen fein säuberlich hinterm Rucksack, die Schnürsenkel gerollt und hineingelegt.

»War das alles so, als ihr ihn gefunden habt?«, fragte Capaul.

»Natürlich nicht«, sagte Steivan. »Wir mussten ihn ja auf die Plane zerren, und die wiederum mussten wir aus seinem Rucksack holen. Die Flinte lag halb auf ihm, ich habe sie mit dem Fuß zur Seite geschoben.«

Sie hatte zwei Läufe. »Ist das ein Doppellader?«, fragte Capaul.

Steivan musste lächeln. »Eine sogenannte Bockbüchsflinte. Sie hat einen Lauf für Kugeln und einen für Schrot.«

»Das erklärt vieles. Ich hatte mich schon gewundert,

warum jemand mit der Schrotflinte auf Hirschjagd geht. Mit Schrot schießt man doch nur auf Vögel, oder?«

»Und auf Niederwild: Hasen, Füchse, Dachse. Für die Hirsche ist Kaliber 10,3 Vorschrift.«

Es wurde nun schnell dunkel, und Capaul begann, die Stelle abzusperren. »Könnt ihr währenddessen ein paar Fotos machen?«, bat er. »Ich habe keine Kamera, nur so ein Billighandy.«

Nachdem Hermann mit seinem Handy den Schauplatz fotografiert hatte, steckte Capaul die Flinte, die Schuhe und den Rucksack in Plastiktüten.

Dann machten sie sich auf den Rückweg.

»Wenn ihr zurückdenkt: Gab es irgendwelche Hinweise, dass er sich etwas antun könnte? War er irgendwie anders als sonst?«

Es kam keine Antwort, vielleicht hatten sie mit den Schultern gezuckt. Erst als er noch mal fragte, antwortete Steivan: »Wie gesagt, wir kannten uns nicht gut.«

»Worüber habt ihr denn gesprochen?«

»Über die Hirsche.«

»Über sonst nichts?«

»Was man eben so redet. Über den Wildhüter, über andere Jäger …«

»Über Tumasch?«

»Ja natürlich«, sagte Hermann. »Bis das mit seinem Sohn passiert ist, war Tumasch auch Jäger, angeblich sogar ein verdammt guter. Duri und er waren oft zusammen auf der Jagd. Hat Duri jedenfalls erzählt.«

»Was ist denn damals passiert? Mit Tumaschs Sohn, meine ich.«

»Keine Ahnung, ich war nicht dabei«, sagte Steivan.

»Niemand war dabei«, erklärte Hermann. »Und Tumasch hat nie darüber geredet.«

»Duri war also damals auch nicht dabei?«

»Das hätte er ja wohl erwähnt.«

»Habt ihr ihn gefragt?«

»So direkt nicht. Aber er hat erzählt, dass er in jener Nacht mit zwei anderen am Piz Glims gejagt hat. Und Cla hat es am Linard Pitschen erwischt.«

Hermann zeigte hierhin und dahin, doch es war schon zu dunkel, als dass Capaul mehr als nur Schemen gesehen hätte.

Als sie ins Auto einstiegen, rief Bernhild an. Sie war schon wieder auf hundertachtzig: »Offensichtlich bist du wieder im Dienst, und das freut mich für dich. Aber ein kleines Zeichen wäre doch nett gewesen. Um halb acht Uhr morgens bist du grußlos aus dem Haus, seit da herrscht Funkstille. Ich wusste nicht, ob du zum Mittagessen kommst, ich weiß nicht, ob du zum Abendessen kommst. Heute früh habe ich sogar damit gerechnet, dass du eine halbe Stunde später wieder in der Tür stehst, ein heulendes Häufchen Elend, Polizist ade, und ich dich aufpäppeln muss.«

»Verzeih, es ging alles drunter und drüber. Ich helfe in Zernez aus, und wir haben einen Toten. Außerdem hatte ich keine Ahnung, dass ich mich fürs Essen neuerdings anmelden muss. Bisher fand ich in deiner Wirtsstube immer irgendwo Platz, und es gab auch immer noch einen Teller Spaghetti.«

Steivan gab tüchtig Gas. Capaul hatte noch keine Zeit gehabt, sich anzuschnallen, und hielt sich krampfhaft am Türgriff fest.

»Es ist eben so«, erklärte Bernhild etwas milder, »dass ich zur Feier des Tages extra geschlossen habe.«

»Was wird denn gefeiert?«

»Idiot, dein Arbeitsbeginn. Ich habe für dich gekocht – richtig gekocht, meine ich, keine Gastroküche. Hirschschnitzel mit Spätzli, meine ersten selbst gemachten, dazu Rosenkohl, schön in brauner Butter angeschwitzt, und gefüllte Birnen. Nur die Preiselbeeren dafür waren aus dem Glas.«

»Ich komme, so schnell ich kann«, versprach er. »Ich muss halt leider den Zug abwarten.«

»Jetzt eilt es auch nicht mehr, es ist mir schon am Mittag alles verkocht. Ich halte das Essen seit einer Stunde warm, und langsam sieht das Fleisch aus wie Ötzi.«

»Das macht mir nichts«, versicherte er. »Ich habe zu Mittag hervorragend gegessen, im Piz Linard.«

»Wenn das so ist«, sagte sie beleidigt, »dann warte ich nicht länger.« Damit hängte sie auf.

»Warte«, rief Capaul noch, dann steckte er das Handy weg und schnallte sich endlich an.

»Oje«, sagte Hermann. »Diese Art Telefonat kenne ich nur zu gut. Bei mir zu Hause wird auch nicht geklatscht, wenn ich den Hirsch heimbringe. ›Was, schon wieder einer?‹, wird sie stöhnen. ›Mir hängt es zum Hals raus: schlachten, wursten … Und die Tiefkühltruhe ist auch längst voll!‹ Wo musst du denn hin, Massimo? Wenn wir dem Wildhüter den Hirsch vorgeführt und ihn danach heimgebracht haben, kann ich dich fahren.«

»Nach Samedan. Das wäre nett.«

»Va bain.«

Allerdings tranken sie bei Hermann in der Garage dann doch erst ein Schnäpschen aufs Jagdglück und ein zweites zu Duris Gedenken.

»Dann müssen wir aber auch auf Tumasch trinken«, stellte Capaul klar.

»Ich dachte, du wirst erwartet.«

»Darauf kommt es jetzt auch nicht mehr an.«

Und weil sie nicht mehr sicher waren, ob sie schon auf den Hirsch angestoßen hatten, tranken sie auch noch ein viertes.

Danach fand Hermann: »Zum Bahnhof kann ich dich noch fahren, aber Samedan liegt bei dem Pegel nicht mehr drin.«

Und so musste Capaul in Lavin doch noch auf den Zug.

Um halb elf war er endlich zurück. Bernhild saß wieder am Laptop. Sie war überhaupt nicht mehr eingeschnappt.

»Hast du inzwischen etwas essen können?«, fragte sie.

Er schüttelte den Kopf.

»Du Ärmster«, rief sie und eilte in die Küche, um den ledrigen Hirsch zu servieren, dazu zapfte sie ihm ein Bier.

»Zwei Tote an einem Tag.« Ihre Stimme bebte vor Mitgefühl, als sie sich zu ihm setzte. »Musstest du mit den Angehörigen reden?«

Capaul hatte schon den Mund voll und schüttelte stumm den Kopf.

Gleichzeitig rief sie: »Ach, was frage ich auch so dumm! Iss du mal in Ruhe, geredet wird nachher. Oder auch gar nicht mehr. Armer Junge, am ersten Arbeitstag zwei Tote.« Schweigend sah sie zu, wie er den Teller leer putzte und mit Bier nachspülte.

Als er den letzten Bissen geschluckt hatte, sagte er feixend: »Rate, wen ich verhört habe.«

Sie sah ihn verwirrt an. »Ich habe keine Ahnung. Kommt jetzt etwas Schlimmes?«

»Wie man's nimmt. Einen waschechten Geologen. Und was hat der wohl gesagt?«

»Massimo, mach es nicht spannend. Ich habe keinen Schimmer.«

»Es gibt nämlich sehr wohl einen Zusammenhang zwischen dem Saharastaub und dem Felssturz, sogar einen sehr engen«, erzählte er triumphierend. »Streng genommen sind es sogar zwei, ich habe nur vergessen, welche. Ich habe aber auch ein paar Schnäpschen intus. Morgen beim Frühstück halte ich dir ein Referat, das sich gewaschen hat.«

»Das war's schon?« Bernhild stand kopfschüttelnd auf und trug das Geschirr ab. »Capaul, du bist eine einzige Plage, weißt du das? Gute Nacht.«

Während sie in der Küche verschwand, schnappte er sich ihren Laptop. Sie hatte die Pressemeldung der Kantonspolizei geöffnet: »Jagdunfall am Piz Linard. Der Auftakt zur Nachjagd wurde von einem tragischen Unfall überschattet, bei dem ein einheimischer Jäger ums Leben kam. Der Sechsundfünfzigjährige aus Lavin war allein unterwegs, als sich aus noch ungeklärten Umständen ein Schuss aus seinem Gewehr löste. Zwei herbeigeeilte Jäger leisteten Erste Hilfe. Der Notarzt konnte nur noch den Tod des Mannes feststellen.«

»Soll ich dir nicht von meinem ersten Tag ein bisschen erzählen?«, rief er in die Küche, doch er bekam keine Antwort. Ein paar Minuten wartete er, dann ging er hoch in sein Zimmer. Sogar einen kleinen Strauß Blumen hatte sie ihm ans Bett gestellt.

Am nächsten Morgen um sechs, lange vor Sonnenaufgang, weckte ihn ein Anruf von Roman: »Um sieben Uhr ist Lagebesprechung. Sei pünktlich, Gisler kommt.«

Er hatte gerade noch Zeit, sich anzuziehen und notdürftig zu waschen, dann musste er los. Diesmal nahm er den grün metallisierten Chrysler Imperial Automatic aus den Achtzigern, den sein Vater ihm vererbt hatte.

Der Polizeiposten Zernez lag gut verborgen in einer Seitengasse, im zweiten Stock eines schmucklosen Mehrfamilienhauses. Gisler und Barbla warteten schon, Roman verspätete sich um zwei Minuten, dafür brachte er Gipfeli und Latte macchiato.

»Zuerst zum Felssturz«, eröffnete Gisler die Besprechung, dann tauchte er doch erst sein Gipfeli in den Kaffee und biss ab. »Die Berichte habe ich gelesen. Doch was ist der neueste Stand?«

»Die Gefahrenzone bleibt gesperrt«, erklärte Roman. »Mindestens bis das Wetter sich ändert. Bei diesen Temperaturen ist jederzeit mit weiteren Abbrüchen zu rechnen. Die ausgeflogenen Touristen und die Sennen haben wir verhört, die Touristen reisen heute weiter.«

»Ist dieser Tumasch Stupan inzwischen aufgetaucht?«

»Nein«, antwortete Barbla. »Ich hatte mit Meta vereinbart, dass sie mich sofort anruft, falls er heimkommt, und das hat sie nicht getan.«

»Er könnte ja auch woanders auftauchen«, stellte Capaul fest.

Gisler warf ihm einen mahnenden Blick zu, dann fuhr er fort: »Gesetzt den Fall, er ist tot: Wie groß ist die Wahrscheinlichkeit, dass seine Leiche je geborgen wird?«

»Das haben wir nicht abgeklärt«, gestand Roman.

»Doch, haben wir«, meldete sich Capaul wieder zu Wort. »Laut Auskunft des Kantonsgeologen Freitag ist sie gleich null. Ich habe ihn gestern Nachmittag auf einen Augenschein zur Unglücksstelle begleitet. Er schätzt, dass die Abbruchmasse zehn bis fünfzehn Meter hoch liegt. Mit anderen Worten, auf der Leiche liegen Tonnen, den Aufprall eines Sturzes aus tausend Metern Höhe nicht eingerechnet. Ich kann mir nicht vorstellen, dass von Tumasch viel übrig ist.«

»Danke, Capaul, das nächste Mal genügen die Fakten«, sagte Gisler und wandte sich Roman zu. »Dann kann das Zivilstandesamt jetzt die Todesurkunde ausstellen.« Kurz sah er aus, als hätte er den Faden verloren, dann fragte er: »Und wie geht es der Witwe?«

Barbla räusperte sich. »Meta wirkt sehr gefasst, eigentlich nicht anders als sonst. Ich weiß nicht, wie es euch geht, aber auf mich hat sie schon immer wie jemand gewirkt, der Unglück gewohnt ist. Ich war am Morgen bei ihr, am Nachmittag habe ich sie nochmals angerufen, um zu hören, ob ich etwas für sie tun kann. Sie hat lange nachgedacht, dann hat sie gesagt …« Barbla blätterte einen Notizblock durch, den sie bis dahin im Schoß gehalten hatte, und las vor: »›Tumasch hat aufgehört zu leben, als Cla gestorben ist. Ich habe die letzten sieben Jahre in Gesellschaft von zwei Leichen verbracht, einer, die wir begraben hatten, und einer wandelnden. Es mag zynisch klingen, aber für mich ändert sich nicht viel. Seit sieben Jahren vermisse ich meine beiden Männer und trauere um sie. Vielleicht kann ich jetzt, nach Tumaschs Tod, endlich damit aufhören.‹«

»Donnerwetter, eine starke Frau«, sagte Roman, und Gisler nickte. Capaul verkniff sich die Bemerkung, dass er gut verstehen könnte, wenn die Frau ihren Mann umgebracht hätte, um sich von dieser ewigen Grabesstimmung zu befreien. Und dass auch das Gericht sicher milde urteilen würde.

Gisler trank seinen Kaffee und sah auf die Uhr. »Noch kurz zum Jäger: War es Unfall? Selbstmord?«

»Bei Martina, Duris Frau, war ich gestern Abend«, erzählte Barbla. »Ich war sehr lange da. Sie war völlig außer sich, ich konnte sie unmöglich allein lassen, bis ihre Tochter aus Klosters ankam. Später in der Nacht wollte auch der Sohn anreisen, er wohnt in Zürich. Die eigentliche Befragung führen Massimo und ich heute um neun Uhr durch.«

»Das heißt, die Nachricht hat sie überrascht?«, vergewisserte sich Gisler.

»Völlig. Sie konnte es nicht fassen.«

»Was klar gegen Selbstmord spricht. Der kündigt sich an.«

Capaul hob den Finger. »Darf ich dazu sagen, dass der Gerichtsmediziner wiederum Selbstmord für durchaus plausibel hält? Der Schuss war mittig abgegeben, wie gezielt. Und der Tote hatte keine Schuhe an, was dafür spricht, dass er mit dem Zeh den Abzug betätigt hat.«

»Plausibilität ist kein Verdachtsmoment«, erklärte Gisler. »Eine Flinte kann einem sehr wohl mittig aus der Hand rutschen und so hart aufprallen, dass sich ein Schuss löst. Und dass man bei einer Rast die Wanderschuhe auszieht, ist ja wohl auch nichts Ungewöhnliches.«

Capaul nickte und wollte durchaus in Gislers Sinn einwerfen, dass die Schuhe sehr adrett positioniert gewesen waren, tatsächlich so, wie man es bei einer Rast tun mag, doch Gisler ließ ihn nicht zu Wort kommen. »Kennen Sie den Selbstmordparagraphen? Fast alle Lebensversicherungen sind so abgeschlossen, dass bei Suizid die Prämie reduziert wird. Für Meta Stupan ist wichtig, dass ihr Mann für tot erklärt wird, damit sie Anspruch auf eine Rente hat. Bei der Frau des Jägers müssen wir Sorge tragen, dass sie nicht gleich dreifach bestraft wird: indem sie ihren Mann verliert, sein nicht unerhebliches Einkommen plus einen Teil der Prämie. Mir wurde zugetragen, dass sie Hausfrau ist und nichts verdient, der Sohn studiert, die Tochter ist in der Lehre.«

»Dazu kommt ein ziemlich teures Haus, das sicher noch nicht abbezahlt ist«, ergänzte Barbla.

»Und die psychische Belastung«, mahnte Roman. »Ich möchte nicht die Hinterbliebene eines Selbstmörders sein.«

Capaul lächelte. »Ich hatte vergessen, dass sich hier alle kennen. Aber den Bericht des Pathologen dürfen wir noch abwarten?«

»Natürlich, und wenn er eindeutig ist, werden wir ihn auch nicht übergehen«, erklärte Gisler, »so wenig wie eure Befragung. Wir arbeiten sauber, Capaul, keine Sorge. Und ich kenne die Beteiligten auch nicht. Doch ohne das Vertrauen der Bevölkerung können wir nicht arbeiten, Capaul. Und Vertrauen muss man sich verdienen.« Damit erhob er sich.

»Darf ich eine Beobachtung noch loswerden?«, bat Capaul. »Vielleicht ist sie unwichtig, aber mir ist aufgefallen, dass beide Tote sechsundfünfzig waren.«

»Jahrgänger nennt man das bei uns«, erklärte Roman. »Klassenkameraden.«

»Ja, und?« Gisler schien gereizt, offenbar mochte er es nicht, wenn man ihn aufhielt.

»Ja, aber sie kannten sich nicht nur aus der Schule, sondern haben auch zusammen gejagt. Bis zum Unfall von Tumaschs Sohn jedenfalls.«

Gisler winkte ab. »In einem so kleinen Dorf ist das kaum zu vermeiden.«

»Wie man es nimmt. Steivan und Hermann jedenfalls haben nicht mit den beiden gejagt.«

»Was soll der Quatsch?«, rief Gisler. »Natürlich haben sie, gerade gestern! Mit Duri jedenfalls.«

»Ja, das ist richtig, aber nur, weil es sich so ergeben hatte. Sie waren keine Jagdkumpane, sie wollten nur alle drei diesen Hirsch. So hat es mir Steivan zumindest …«

Gisler fuhr ihm über den Mund. »Capaul, stopp! Als

Nächstes packen Sie noch eine Mordtheorie aus. Zudienen sollen Sie, zudienen und das Denken anderen überlassen. Schaffen Sie das nicht, haben Sie bei uns keine Zukunft. Ist das klar?«

»Jawohl, Herr Offizier.«

Barbla und Roman wandten sich grinsend ab.

V

Duri Lechthaler hatte in Pradliver gelebt, Lavins kleinem Villenviertel unterhalb des Dorfkerns, auf der Wiese direkt am Inn. Gegen die eleganten historischen Bauten im Zentrum wirkten die Villen wie billige Konfektionsware. Die Versuche der Bewohner, ihrem Besitz etwas wie Exklusivität zu verleihen, verstärkten diesen Eindruck nur noch mehr: Ein Haus war in Schiefergrau gestrichen, eines ochsenblutfarben, eines war mit Schotter gedeckt. In allen Gärten standen die gleichen Kugelgrills und Plastikrutschen.

»Traurig«, sagte Capaul, als sie beim Werkhof geparkt hatten und die kleine Straße hinabgingen.

Barbla verstand ihn auf ihre Weise. »Ja, das sind die schwierigen Seiten unseres Berufs, aber auch die schönen. Den Trauernden ist es ein Trost, dass wir da sind und Ordnung in ihre zerstörte Welt bringen.«

Dann waren sie auch schon bei der Villa der Lechthalers angekommen. Offenbar hatte man sie kommen sehen, denn als Barbla die Hand nach der Klingel ausstreckte, öffnete sich die Tür, und Martina Lechthaler erschien. Sie war eine Frau mittleren Alters mit blondiertem Haar, Perlenkette und ausladenden Ohrringen.

»Achten Sie bitte nicht auf den Garten, er sieht furchtbar aus«, sagte sie, anstatt sie zu begrüßen, und zeigte auf ein eingezäuntes Stück Wiese. »Duri hatte die Idee, hier ein Bienenparadies zu schaffen. Sie wissen schon, eine richtige Magerwiese, alles ProSpecieRara. Im Frühling ist es auch herrlich. Aber die meiste Zeit sieht es nur ungepflegt aus, und haben wir erst Enkelkinder, werden die Bienen sowieso zum Fluch.«

Im Haus schlüpfte Barbla gleich aus den Schuhen, Capaul musste von ihr erst darauf aufmerksam gemacht werden, dass die Teppiche heikel waren. Martina war gleich weiter in die Küche geeilt, um Kaffee zu machen. Dafür kam die achtzehnjährige Tochter Anna in den Flur. »Sie braucht Beschäftigung«, sagte sie leise und gab Barbla und Capaul die Hand. »Der Arzt hat ihr außerdem Tabletten gegeben, die sie ziemlich aufkratzen.«

»Und wie geht es Ihnen?«, fragte Capaul.

»Geht schon«, sagte Anna ausweichend und kämpfte plötzlich mit den Tränen. »Die Nacht haben wir ganz gut überstanden.«

Martina kam mit dem Kaffee, und sie setzten sich in die weißlederne Sofaecke. Anna nahm die Hand ihrer Mutter.

»Und? Gibt es etwas Neues?«, wollte Martina wissen. Mit zusammengekniffenen Lippen sah sie nervös von einem zum anderen.

»Nein«, antwortete Barbla, »und es ist auch nichts zu erwarten. Der Gerichtsmediziner wird sich noch melden, aber höchstwahrscheinlich bestätigt er nur, was er uns gestern am Telefon gesagt hat.«

»Dass es ein Unfall war«, ergänzte Capaul.

Anna fragte irritiert: »Aber Sie untersuchen doch, was genau passiert ist? Ob das Gewehr kaputt war oder wieso sich dieser Schuss gelöst hat? Jemand ist an Paps Tod schließlich schuld und muss dafür büßen.«

Barbla sah etwas ratlos zu Capaul, der legte kurz eine Hand an den Mund, als müsste er sich sammeln, dann sagte er: »Menschen sterben. Das ist das Natürlichste der Welt, und doch tun wir uns schwer damit. Bevor ich Polizist wurde, habe ich mehrere Jahre in einem Sterbehospiz gearbeitet. Jeder Fall war ganz besonders, ganz eigen, nur etwas wiederholte sich bei jedem Einzelnen: Kurz vor ihrem Tod – manchmal nur Sekunden vorher, manchmal Tage oder Wochen – wurden die Sterbenden ganz ruhig. Es gab für sie keine offenen Fragen mehr. Irgendetwas gab ihnen die Gewissheit, dass alles gut war. Es war jedes Mal so etwas wie ein heiliger Moment. Ihn zu erleben, hat meine Sicht auf den Tod verändert. Ich bin mir sicher, dass auch Ihr Ehemann und Vater das in seinen letzten Augenblicken erfahren hat. Dieses Glück. Ja, Duri ging viel zu früh, für Sie und alle, die ihn liebten. Das macht wütend, traurig, verzweifelt. Aber vielleicht hilft es, wenn Sie sich sagen: Seine Hülle ist zerstört. Doch das Eigentliche lebt weiter. Wenn Sie nur darauf achten, werden Sie es überall finden, sogar in Ihnen selbst. So war das jedenfalls, als meine Mutter starb. Sie war ein ausgesprochen schwieriger Mensch gewesen – unausstehlich, um ehrlich zu sein. Niemand durfte ihr nahe kommen, nur ich. Ich habe sie gepflegt, gewaschen, gebettet, und trotzdem hat sie auch mich behandelt wie einen Fremden. Nicht einen Augenblick lang hat sie mir ihr Inneres gezeigt, ihre Gefühle. Doch kaum war sie gestorben, hat sich für mich die Welt verwandelt. Bäume und Gärten an Wegen, die ich Jahr und Tag gegangen war, hatten andere Farben. Menschen offenbarten ungeahnte Seiten. Als wäre ein guter Geist in sie geschlüpft, das Gute, das in meiner Mutter eingesperrt gewesen war, das sie zurückgehalten hatte, solang sie lebte.«

Mit unsicherem Lächeln legte er die Hände in den Schoß und schwieg. Niemand sagte etwas. Erst, als er sich vorbeugte und zur Kaffeetasse griff, flüsterte Barbla: »Wow.«

Und Anna, die an seinen Lippen gehangen und unablässig genickt hatte, sagte: »Ich kann wirklich schon spüren, dass Paps mir jetzt näher ist als …«

Sie brach ab, als Martina ihre Hand losließ.

»Was willst du damit sagen?«

»Nichts, Ma.«

»Er war ein guter Vater, oder nicht?«

»Ja natürlich. Nur immer sehr beschäftigt.«

»Weil er sich um andere gekümmert hat. Er hat sich eingesetzt, wo andere sich faul zurücklehnen. Leute wie ihn hätte der Großrat gebraucht. Ich werde nie verstehen, wieso sie ihn nicht gewählt haben.«

»Hat ihn das bedrückt?«, fragte Capaul.

»Was für eine Frage«, sagte Martina engagiert. »Es ist nicht leicht, zweimal anzutreten und zweimal zu unterliegen. Man kennt ja die Zahlen, und gerade in Lavin – oder in Zernez, wir sind inzwischen eingemeindet – bekam er nicht viele Stimmen. Da fragt man sich, wenn man durchs Dorf geht: Hat der auch gegen mich gestimmt?«

»Aber das ist ja jetzt vorbei«, sagte Anna und nahm wieder Martinas Hand.

Barbla nickte. »Das wollte ich gerade sagen. Das Wichtigste ist, dass Sie wissen, was Sie an ihm hatten.«

»Wobei es schon richtig ist, auch die schmerzlichen Aspekte zu betrachten«, stellte Capaul fest. »Meist ist es so, dass mehrere schwierige Dinge zusammentreffen und jemanden so sehr belasten, dass er keinen Ausweg mehr sieht. Ich denke dabei an Tumasch. Soviel ich weiß, waren Duri und er einmal eng befreundet. Die Freundschaft zerbrach, als Tumaschs Sohn starb. Ist das richtig?«

Martina nickte zögernd. »So kann man es wohl sagen. Tumasch war danach so unausstehlich, dass er alle Freunde verlor.«

»Wie ging Ihr Mann damit um?«

Martina überlegte, dann schüttelte sie den Kopf. »Überhaupt nicht. Es war kein Thema. Jedenfalls erinnere ich nichts.«

»Und gestern früh? Als bekannt wurde, dass Tumasch tot ist?«

Barbla versuchte abzuwiegeln: »Er war doch auf Jagd. Vermutlich hat er gar nichts mitbekommen.«

»Doch, doch«, sagte Martina. »Er ging erst nach dem Mittag los. Beim Essen haben wir darüber geredet. Duri meinte: ›Wenn du mich fragst, hat er den Tod gesucht.‹ Ich: ›So was sagt man doch nicht.‹ Darauf er: ›Was ist schlimm daran? Das Leben bedeutet nun mal nicht allen gleich viel. Die meisten sind nur zu feige, Schluss zu machen.‹«

»Könnte das eine Ankündigung gewesen sein?«, fragte Capaul interessiert.

Barbla schob sich dazwischen. »Was mich viel mehr interessiert: Gibt es etwas, das wir für euch tun können?«

Anna antwortete wie aus der Pistole geschossen: »Ja, ich würde gern die Leiche sehen.«

Barbla zögerte. »Das ist vielleicht keine so gute Idee. Die Schussverletzung …«

Capaul unterbrach: »Doch, können Sie. Möchten Sie übrigens eine Erdbestattung?« Dann lachte er. »Im Sterbehospiz habe ich das immer gefragt. Als Polizist geht es mich eigentlich gar nichts an.«

Trotzdem fragte Anna: »Was ist ökologischer? Meinetwegen können wir ihn gern verbrennen.«

»Nein, ich will ein richtiges Grab, nicht so ein kleines Loch«, stellte Martina klar. »Und Martin denkt sicher wie ich. Martin ist unser Sohn.«

Anna verzog das Gesicht. »Der will sowieso immer, was du willst.« Und zu Capaul: »Er ist ein ausgesprochenes Weichei.«

»Das war jetzt sehr unpassend, Anna.« Wieder entzog Martina ihr die Hand.

Barbla stand auf. »Wir wollen auch nicht länger stören.«

Als sie wieder hoch zum Auto gingen, schimpfte sie sanft: »Wir hatten doch entschieden, die Selbstmordsache nicht zu vertiefen, Massimo. Was du dagegen über das Sterben und übers Jenseits gesagt hast, hat mich total berührt. Auch das über deine Mutter.«

Er zuckte mit den Schultern. »Keine große Sache, wenn man hundertmal mit angehört hat, wie der Pfarrer die letzte Ölung gibt und die Hinterbliebenen tröstet. Ich habe ein Gefühl dafür, was die Leute hören wollen. Übrigens habe nicht ich von Selbstmord geredet, sondern Duri. Jedenfalls kann man das so auffassen.«

»Aber das haken wir jetzt ab, ja?«, bat sie und sah auf die Uhr. »Ich muss heim. Soll ich dich noch schnell zurück nach Zernez fahren?«

»Ich kontrolliere lieber noch die Absperrungen. Fürs Erste haben wir genug Tote.«

Nachdem er Barbla zum Auto begleitet und Absperrband mitgenommen hatte, ging er gemächlich durchs Dorf zur Straße hinauf in die Val Lavinuoz. Bei der Kirche nutzte er die Gelegenheit, das Grab von Tumaschs Sohn zu besuchen. Es war nicht zu übersehen, sein Stein war als einziger vom Saharastaub freigewaschen. Die Inschrift war schlicht: *Cla Stupan, 1992–2011*. Ein Strauß Astern stand davor, an der Vase lehnte das gerahmte Foto eines älteren Mannes mit dunklem, gescheiteltem Haar, wettergegerbtem Gesicht und treuen Hundeaugen. Tumasch.

Capaul betrat die kleine, weiß getünchte Kirche und setzte sich in die vorderste Reihe. Eine Weile betrachtete er die schlichten, leuchtend bunten Malereien, die die

Kuppel zierten. Im Zentrum stand ein sonderbarer drei-gesichtiger Heiliger in blutrotem Gewand, seine Brust wurde von einer Rosette durchbrochen, die ein Fenster in der Kuppel war. Dann erhob sich vom Ende der Bank, auf der Capaul saß, eine Frau, die er bisher völlig übersehen hatte. Sie stellte sich vor ihn hin und streckte die Hand aus.

»Sie sind also der Neue, willkommen in unserem klei-nen Dorf«, sagte sie ganz ungedämpft, so als befänden sie sich nicht an einem weihevollen Ort, sondern etwa in einem Wartesaal.

Capaul nahm ihre Hand, die warm und fest war, und fragte: »Und Sie sind?«

»Meta Stupan.«

Sie hatte – wenigstens schien es so im Dämmerlicht der Kirche – makellose bronzefarbene Haut, schwarze Augen, dunkles, seidig fallendes Haar und lange schmale Glieder. Obwohl es November war, trug sie ein kurzärmliges oliv-grünes Kleid, und sie hatte zwar eine leichte Gänsehaut an den Armen, aber das schien sie nicht zu stören.

Nachdem sie sich neben ihn gesetzt hatte, sah sie wie er hoch zum Heiligen in der Kuppel und bemerkte: »Die Mönche rasieren sich das Fenster zur Ewigkeit auf den Kopf, er trägt es in der Brust.«

»Das wäre eine Erklärung«, gab er zu. »Aber die drei Nasen?«

»Ich habe es mir immer mit der Dreifaltigkeit erklärt«, antwortete sie. »Ich stelle es mir etwas mühsam vor, wenn er erkältet ist.«

Sie sagte es so trocken, dass Capaul nicht klar war, ob sie scherzte. Er sah sie an, gleichzeitig wandte auch sie den Kopf zu ihm.

»Ich habe doch nicht Ihre Gefühle verletzt?«, fragte sie

mit leisem Spott. »Ich muss gestehen, ich bin nicht besonders fromm.«

Er schüttelte den Kopf und fragte: »Warum sind Sie dann überhaupt hier?«

»Hier ist es nicht ganz so staubig. Aber um ganz ehrlich zu sein, vorhin habe ich tatsächlich gebetet. Ich bin sehr dankbar, dass Tumasch endlich gehen durfte. Sieben Jahre lang hat er sich gequält, hat er gelitten, sich innerlich gekreuzigt.«

»Gekreuzigt wofür?«

»Ich weiß es nicht, er hat ja nicht geredet. Für den Tod unseres Sohnes. Dafür, dass er ihn nicht retten konnte. Ihn nicht genug beschützt hat.«

»Was ist denn damals überhaupt passiert?«

Sie wandte sich ab und sah vor sich hin. »Nicht einmal das weiß ich. Cla hatte gerade den Jagdschein gemacht. Es war Jagderöffnung. Um elf Uhr nachts sind sie hoch zum Piz Linard, um bei Morgengrauen in guter Position zu sein, dann wurde die Jagd eröffnet. Am Mittag kam Tumasch wieder herab, er trug Cla auf dem Rücken. Cla war tot. Schon länger tot, die Totenstarre hatte bereits eingesetzt. Sie mussten Cla einen Arm brechen, um ihn von Tumasch lösen zu können.«

»Wer ist ›sie‹?«

»Nachbarn, die gesehen hatten, wie Tumasch durch das Dorf getorkelt ist, und ihn die letzten Meter begleitet hatten. Er muss wie in Trance gewesen sein, er war nicht ansprechbar. Nie mehr. Er war mit Cla gestorben, innerlich war er tot. Und trotzdem musste er weiterleben, bis gestern.« Meta hatte völlig ruhig erzählt, so als wäre der Schmerz ihr normal geworden.

»Woran ist der Junge gestorben?«, fragte Capaul.

»An einer verirrten Kugel.«

»Aus wessen Gewehr?«

Meta schüttelte den Kopf. »All so was weiß ich nicht. Ein paar Jagdfreunde haben versucht, Tumasch zum Reden zu bringen, es gab auch eine kleine Untersuchung Ihrer Kollegen von der Polizei. Aber es kam nichts dabei heraus. Es ist auch nicht wichtig.«

Sie wandte den Blick wieder Capaul zu, dabei lächelte sie. »Cla hatte ein gutes Leben, und es machte ihn so glücklich, mit auf die Jagd zu dürfen. Ihn zu verlieren, hat mir zwar ein Loch ins Herz gerissen, das nie heilen wird, aber ich kann damit leben. Schlimmer war es, mit anzusehen, was mit Tumasch geschah.«

»Sie sagten, er hat sich gekreuzigt?«

»Ja, jeden Tag von Neuem, und jede Nacht. Er schlief ja kaum noch. Er verlor seine Arbeit, weil er völlig unzuverlässig wurde. Er war Straßenbauer gewesen, Vorarbeiter. Er hat dann nur noch Handlangerjobs gemacht, im Winter bei der Schneeräumung geholfen. Aber niemand hat es mit ihm ausgehalten. Er war buchstäblich eine wandelnde Leiche. Und stumm. Mal zwei, drei Worte waren das Höchste. Nach Bondo wurde es ein bisschen besser. Er hatte tagelang vor dem Fernseher gehockt. Was da passiert ist, hat etwas in ihm bewegt. Ich habe nie begriffen, was. Aber danach tat er wenigstens wieder etwas. Er räumte die Alp d'Immez auf.«

»Warum half er nicht in Bondo?«

»Ja, das habe ich ihn auch gefragt. ›Wenn du schon Steine wegträgst, warum nicht dort?‹ Keine Antwort. Stumm blieb er auch nach Bondo. Aber immerhin hatte ich ihn nicht mehr rund um die Uhr im Haus.«

»Wie hält man einen solchen Menschen aus?«

»Ich weiß nicht, ob ich ihn ausgehalten habe«, sagte sie lächelnd. »Ich habe ihn geliebt.«

»Kann man eine wandelnde Leiche lieben?«

Sie dachte kurz nach. »Nicht, wenn Sie Liebe als Gefühl auffassen. Ich verstehe sie als schöne Verpflichtung, als Versprechen. Bei unserer Heirat war ich ganz jung, eigentlich noch ein Mädchen. Mit unserer Trauung bin ich zur Frau geworden. Das Versprechen, mich mit Tumasch zu verbinden auf Gedeih und Verderb, Hand in Hand mit ihm zu gehen, wohin immer das Leben uns führen mag, dieses Versprechen war das Größte, Schönste, ja, Erhabenste, was ich je gefühlt habe.« Sie lachte über sich selbst.

»Also doch ein Gefühl!«

»Größer und schöner als die Geburt Ihres Sohnes?«, wunderte sich Capaul.

Meta nickte. »Weil es die Grundlage für alles war. Weil dieses Versprechen meinem ganzen Leben eine völlig neue Färbung gab. Cla zu bekommen war großartig. Aber eben auch gerade deshalb, weil Tumasch und ich Mann und Frau waren. Die Ehe verwandelt das Profane, Eitle ...« Sie brach ab und schüttelte den Kopf. »Ich höre lieber auf zu reden. Gewisse Dinge lassen sich nicht teilen. In Ihren Ohren muss das alles furchtbar kitschig klingen.« Wieder zeigte sie dieses stille, tiefe Lächeln, während sie in seinen Augen eine Antwort suchte.

»Nein«, sagte er. »Doch. Aber herrlich kitschig.«

Sie lachte. Dann atmete sie tief durch. »Ja, sehen Sie, und heute ist mein erster Tag als Witwe. Gestern war ich auch schon eine, doch da war noch der ganz kleine Zweifel: ›Und wenn er auch diesen Felssturz überlebt hat?‹ Letzte Nacht nun habe ich wie ein Stein geschlafen, und beim Aufwachen habe ich gefühlt: Etwas Neues beginnt. Ich meine: Ich bin ja noch nicht alt. Ich kann noch etwas reißen, wie Tumasch es genannt hätte. Früher, als er noch geredet hat.«

Sie seufzte, schüttelte den Kopf, dann lächelte sie Capaul breit an und stand auf, um ihr weißes Strickjäckchen zu holen, das sie vorhin hatte liegenlassen. Sie zog es an, dann kam sie nochmals zu ihm und schüttelte seine Hand.

»Zwei Anfänger«, sagte sie, noch immer lächelnd, »duos novizs«, und verließ die Kirche.

VI

Capaul kontrollierte die Absperrung oben an der Straße, dann ging er ins Piz Linard, um zu essen. Emil war nicht da, und an den anderen Tischen wurde Romanisch und Japanisch gesprochen, deshalb blieb er nur kurz. Bei einem Verdauungsspaziergang durchs Dorf ließ er sich von den Tourismustafeln belehren, weshalb Lavin so gar nicht trutzig und gedrängt war wie andere Engadiner Dörfer, sondern großzügig und luftig gebaut, fast mediterran. Ein Brand im 19. Jahrhundert war der Grund dafür, er war ausgebrochen, wo heute die Bäckerei Giacometti stand, nachdem ein defekter Telegraph Funken gesprüht hatte. Weil die Männer aus dem Dorf fast alle verreist waren, zu einer Viehschau in Samedan, war es der Feuerwehr nicht gelungen, die Flammen einzudämmen, und nur die Kirche und zwei Häuser überstanden den Brand. Danach – daher das mediterrane Flair – hatten Arbeiter aus der Lombardei das Dorf wieder aufgebaut. Und vielleicht, sagte sich Capaul, hatten deshalb auch so viele heutige Einwohner einen italienischen Einschlag, nicht zuletzt Meta.

Für den Nachmittag beorderte Roman ihn aufs Revier. So nahm Capaul den nächsten Zug und fuhr die kurze Strecke nach Zernez. Gemeinsam schrieben sie die Berichte der beiden Todesfälle, Tumaschs und den des Jägers.

Dabei untersuchten sie auch Duri Lechthalers Rucksack.

»Wie sonderbar, ich finde nur Kugeln, keine Schrotpatronen«, stellte Capaul fest.

Roman zuckte mit den Achseln. »Er wollte ja auch Hirsche jagen, nicht Hasen.«

»Trotzdem hat er sich mit Schrot erschossen.«

»Er hat sich nicht erschossen. Und die eine Patrone hatte er wohl noch im Lauf.«

Capaul war nicht überzeugt. »Uns hat man auf der Polizeischule eingebläut, nie eine geladene Waffe mit uns zu tragen.«

»Ja, und? Man hat uns auch eingebläut, sich im Auto anzuschnallen, trotzdem lässt jeder Vierte es bleiben.«

Roman wandte sich wieder dem Bericht zu und tippte murmelnd: »Die Jäger hörten einen Schuss.«

Die Bemerkung weckte in Capaul die Erinnerung an die drei Schüsse, die er gehört hatte, kurz bevor er mit dem Geologen Freitag unterwegs in die Val Lavinuoz gewesen war. »›Einen Schuss‹ ist nicht ganz korrekt«, wandte er ein. »Sie hörten Schießen. Die Anzahl Schüsse wurde nicht genannt.«

Roman zog die Brauen hoch. »Duri kann sich schlecht mehrmals erschossen haben.«

Capaul suchte aber bereits Steivans Telefonnummer heraus und rief ihn an. »Steivan, hier Massimo von der Kantonspolizei. Ihr habt doch Duri schießen hören. Einmal oder mehrmals?«

Steivan zögerte. »Einmal, hätte ich gesagt. Aber wenn ich's mir recht überlege, war da vielleicht noch ein zweiter Knall, als der Hirsch schon vor uns stand.«

»Wie lange nach dem ersten?«

»Zwanzig Sekunden, eine Minute, schwer zu sagen. Jedenfalls hatten wir uns über den ersten Schuss ja noch ausgetauscht, Hermann und ich. Also mit Blicken.«

Danach rief Capaul Hermann an, der Steivans Aussage bestätigte.

»Siehst du«, sagte Capaul zu Roman, nachdem er aufgehängt hatte, »es können auch zwei gewesen sein.«

Roman hatte längst weitergetippt. »Zwei was?«, fragte er, ohne das Tippen zu unterbrechen.

»Schüsse. Aus Duris Gewehr.«

Nun sah er doch auf. »Was heißt ›können‹?«

»Sie sind beide nicht sicher. Ein Schuss fiel, dann kam der Hirsch aus dem Dickicht. Eventuell fiel währenddessen ein zweiter Schuss.«

Roman griff mit einem Seufzer selbst zum Telefon: »Hermann, war es nun ein Schuss, oder waren es zwei? Aha. Und dieser allfällige zweite Schuss kam aus derselben Richtung oder von woanders? Aus demselben Gewehr oder einem anderen? War es überhaupt ein Schuss, oder knackte vielleicht ein Ast, oder es knallte aus der Val Lavinuoz, weil wieder ein Fels abbrach? Also sicher bist du nur beim ersten Knall?« Zufrieden hängte er auf. »Ein Schuss«, erklärte er Capaul. »Wir wollen doch bei den Fakten bleiben.«

Er tippte weiter.

Capaul sah ihm zu, dann fragte er: »Darf ich noch fragen, wo ich die Akte von Cla Stupans Unfall finde?«

»Alles da im Aktenschrank, nach Jahrgang geordnet. Wozu brauchst du die?«

Capaul zögerte. »Ich bin nur neugierig.«

»Neugierig kannst du in deiner Freizeit sein«, murrte Roman. »Ich will die Berichte heute noch vom Tisch haben. Aber meinetwegen. Dafür korrigierst du danach, was ich geschrieben habe. Auf Deutschfehler, meine ich. Ich habe es nicht so mit der Rechtschreibung.«

Clas Akte passte in ein schmales Mäppchen. Der gerichtsmedizinische Befund hatte einen Bauchdurchschuss mit Gefäß- und Hohlorganläsionen ergeben, Cla war also innerlich verblutet. Die polizeiliche Untersuchung, von der Meta gesprochen hatte, war Romans Werk. Der Bericht füllte keine halbe Seite und war in der Tat durchsetzt von Rechtschreibfehlern. Das Fazit des Berichts: Waffenkaliber unbekannt, da Durchschuss. Schütze ergo nicht identifizierbar. Waffe des Opfers verschollen. Todesursache: Selbstunfall. Eine lückenlose Indizienkette sah anders aus.

»Wo habt ihr nach der Waffe gesucht?«, fragte Capaul.

»Welche Waffe?«, fragte Roman zurück, nachdem er den Satz zu Ende getippt hatte.

»Clas Gewehr.«

»Steht das da nicht?« Roman kam zu ihm und überflog den Bericht. »Offenbar nicht. Wir haben eine Begehung gemacht. Tumasch hat uns die Stelle gezeigt, an der es passiert ist. Oder eben nicht gezeigt, er ist blind umhergestiefelt. Ich weiß nicht, ob er überhaupt begriffen hat, was wir von ihm wollten. Ich mache mir eine Tasse Kaffee, nimmst du auch einen?«

Capaul überhörte die Frage. »Mir ist auch nicht klar, wie du zu dem Schluss kommst, dass es ein Selbstunfall war. Meines Erachtens hätte man schreiben müssen: ›Hergang ungeklärt.‹«

Roman ging schweigend zum Waschbecken und rührte in zwei Tassen Nescafé mit zimmerwarmer UHT-Milch an. Eine Tasse stellte er Capaul hin, mit der anderen setzte er sich wieder auf seinen Stuhl, an dessen Rückenlehne mit Isolierband ein zusätzlicher Schaumstoffkeil montiert war. Dann erst sagte er: »Linard hatte schon recht, du bist eine Zecke im Arsch. Also hör zu: Vater und Sohn ziehen gemeinsam auf die Jagd, ja? Kein anderer Mensch weit und breit. Sohn stirbt. Vater schleppt toten Sohn nach Hause. Was sind die möglichen Szenarien?«

»Da ist alles möglich«, rief Capaul aus. »Unfall, fahrlässige Tötung, Mord, Selbstmord …«

»Meinetwegen.« Roman trank. »Gehen wir doch mal die Varianten durch. Selbstmord fällt flach, wenn man den Jungen gekannt hat. Er strotzte vor Lebenslust. Fahrlässige Tötung? Mag sein. Das hieße, der Schuss kam aus der Flinte des Vaters. Dasselbe, wenn es Mord war. Nur kann ich mir dafür beim besten Willen kein Motiv denken, abgesehen davon war Tumasch ein viel zu liebenswürdiger Geselle, um jemanden umzulegen. Aber egal. Hätte Tumasch den Schuss abgegeben, wäre der Tod seines Sohns in jedem Fall Strafe genug, sein Leben wäre ruiniert. Stecken wir ihn überdies hinter Gitter, bestrafen wir damit nur die unschuldige Meta, dann verliert sie Sohn und Mann. Das war zumindest, was wir damals dachten. Heute muss ich sagen, dass sie ohne Tumasch vielleicht besser dran gewesen wäre.«

Capaul nickte, obwohl er in Gedanken inzwischen woanders war. »Wie konnte er Cla überhaupt so weit schleppen?«, wollte er wissen. »War er nicht verkrüppelt?«

»Das Geschleppe hat ihn verkrüppelt, das kam als Strafe noch dazu. Cla war kein Leichtgewicht, achtzig Kilo hat der schon gewogen, und Tumasch trug ihn drei, vier Stunden auf dem Rücken. Das hat ihm das linke Hüftgelenk gekostet und ihm sicher auch die Bandscheiben lädiert. Du siehst, wie unnötig es war, die Untersuchung auszudehnen.«

In Capauls Kopf jagten sich die Gedanken. »Vielleicht, ja. Aber wie konntest du sicher sein, dass kein Dritter in der Gegend war? Und die Waffe, Tumaschs Waffe, meine ich, wo war die? Sie wird im Bericht überhaupt nicht erwähnt. Man hätte doch zumindest überprüfen müssen, ob daraus gefeuert worden war. Und wo war Clas Gewehr?«

»Wozu brauchen wir die Gewehre, wenn es ein Selbstunfall war?«, antwortete Roman salomonisch. »Und was allfällige Dritte angeht: Natürlich wurden alle Jäger über ihre Route in jener Nacht befragt.«

»Darüber steht hier aber nichts.«

»Die Liste muss da irgendwo sein. Ich habe sie nicht selbst befragt. Am Abend nach dem Unfall hat mich der Gemeindepräsident angerufen und gefragt: ›Kann ich in der Sache irgendwie helfen?‹ Ich: ›Ja, ich sollte wissen, wer heute früh wo gejagt hat.‹ Zwei Tage später bringt er mir eine Liste, in die sich alle Jäger eingetragen haben.«

Capaul durchsuchte das Dossier und fand zwischen den Papieren einen schmutzigen, vielfach gefalteten Zettel mit etwa zwanzig Namen. Auch Duri Lechthaler war darunter, er hatte mit anderen am Piz Glims gejagt.

Roman lächelte väterlich. »Und, bist du zufrieden? Trink endlich deinen Kaffee, er ist bestimmt schon kalt.«

Capaul hob die Tasse an den Mund, doch dann kam ihm wieder ein Gedanke in die Quere. »Dass aber der Gerichtsmediziner nicht einmal das ungefähre Kaliber angegeben hat …«

»Wozu sollte das gut sein? Das Kaliber schreibt das Jagdgesetz vor, das ist bei allen dasselbe, 10,3 Millimeter.«

»Das Gesetz schreibt auch vor, dass man sich beim Fahren angurtet«, erinnerte ihn Capaul.

Roman musste grinsen. Dann sagte er: »Was übrigens die Gewehre angeht, die hat Tumasch wohl einfach am Berg liegen lassen, und jemand hat sie gemopst. Was interessiert dich ein Gewehr, während dein Sohn verblutet. Er hat auch später nie mehr geschossen, weder auf der Jagd noch im Schützenverein. Was ein Jammer war, er war einer der besten Schützen im Tal gewesen, insbesondere auf bewegte Ziele.« Er trug die Tassen zum Lavabo, um sie auszuspülen. »Und jetzt korrigierst du aber meine Texte, ja?«

Capaul versuchte es, doch er konnte sich nicht konzentrieren. »Was du sagst, mag ja alles seine Logik haben. Ich meine, bei Tumaschs Sohn. Was mir nicht in den Kopf will: Wie konntest du dir die Freiheit erlauben, darüber zu entscheiden, wann die Ermittlungen eingestellt werden?«

»Natürlich habe ich mich abgesprochen.«

»Mit wem, dem Staatsanwalt?«

»Nein, mit unserem damaligen Offizier, einem gewissen Lutz, und eben dem Gemeindepräsidenten. Lutz hat den Staatsanwalt bestimmt informiert. In unbestrittenen Fällen läuft das nun mal so.«

Capaul sagte dazu nichts mehr.

Pünktlich um fünf Uhr machten sie Feierabend, Berichte hin oder her, Capaul stieg in den Chrysler und fuhr zurück nach Samedan zum Wassermann. Bernhild war summend damit beschäftigt, in der riesigen Spülwanne ihrer Gastronomieküche Blut aus seiner Geländeuniform zu bürsten, das die Untersuchung von Duris Leiche hinterlassen hatte.

Capauls plötzliches Erscheinen erschreckte sie. »Ich wollte eigentlich nur nachsehen, ob du in deinem Zimmer das Fenster geschlossen hast«, sagte sie wie ertappt. »Dieser verdammte Staub setzt sich überall fest, in den Teppichen, in den Vorhängen. Blutige Kleider gehören übrigens nicht auf den Fußboden.«

»Ich hatte das Blut gar nicht bemerkt«, entschuldigte er sich.

»Schon klar, muss auch ein stressiger Einstand gewesen

sein.« Mit dem Handgelenk schob sie eine verschwitzte Haarsträhne aus dem Gesicht und lächelte ihn an. »Fall geklärt, Täter hinter Gittern? Im Ernst: Ich hoffe, heute war alles etwas leichter.«

»Du meinst Duri? Es gibt keinen Täter. Es war wohl ein dummer Unfall.«

Sie riss übertrieben die Augen auf. »Das sagt ein Massimo Capaul? Dummer Unfall? Du hast doch sonst zu allem eine ausgefuchste Theorie.«

»Diesmal nicht.«

»Was ist mit dir passiert? Zwei Tote an einem Tag in einem Dorf mit knapp zweihundert Nasen, und du sagst ›dummer Unfall‹? Gib zu, du brütest etwas aus.«

»Tue ich nicht, ich schwöre.«

Enttäuscht zuckte sie mit den Schultern. »Was soll's. Brauchst du die Uniform morgen? Dann stecke ich sie zum Trocknen in den Backofen. Der Tumbler ist kaputt.«

Capaul schüttelte den Kopf. »Ich gehe nicht davon aus, dass ich so bald wieder in die Berge muss. Zu Duris Tod sind alle Fragen geklärt. Und die Val Lavinuoz bleibt bei diesem Saharawind gesperrt.«

Er fühlte sich müde und ging aufs Zimmer, um sich hinzulegen. Bernhild hatte in den Staub auf dem Dachfenster geschrieben: »Das Leben besteht aus Anfängen.«

Gleich sah er wieder Meta Stupan vor sich, wie sie ihm zum Abschied lächelnd die Hand geschüttelt hatte. »Sie und ich, zwei Anfänger«, hatte sie gesagt, und ihre Augen hatten im Halbdunkel der Kirche geschimmert.

Am nächsten Morgen war er in seinem Chrysler Imperial auf dem Weg nach Zernez, als Barbla anrief: »Wie lange brauchst du noch?«

»Zwei Minuten.«

»Fahr weiter nach Lavin, nimm die hintere Dorfeinfahrt. Nach vielleicht fünfzig Metern führt die Via da Gonda unter der Kantonsstraße hindurch und an einem Bauernhof vorbei, Chasalitsch. Dort wurde ein Diebstahl gemeldet.«

»Kommst du auch dahin?«

»Sobald die Meute gefüttert ist. Wenn es brennt, ruf mich an.«

Der Bauer fing ihn gleich nach der Unterführung ab. Er war einen Kopf größer als Capaul und hatte die Postur eines Möbelpackers. Trotzdem schienen seine Hosen für einen noch Dickeren gemacht, sie hingen an breiten Hosenträgern fast unter den Achselhöhlen. Siegfried hieß er, reichte Capaul seine Pranke und führte ihn zu einer sehr steilen abgestecken Weide, deren Viehzaun stellenweise niedergetrampelt war.

»Normalerweise steht das Schafgehege unter Strom«, erklärte er und schob mit dem Fuß ein frei laufendes Huhn zur Seite, das sich in den Kopf gesetzt hatte, genau unter seiner Sohle zu picken, »aber jemand hat die Batterie gestohlen.«

»Auch Schafe?«

»Nein, die habe ich zusammengetrieben und in den Stall gebracht.«

»Also nur die Batterie?«

»Sag ich doch. Gestern Abend war sie noch da.«

»Haben Sie in der Nacht etwas Ungewöhnliches gehört?«

»Wir wohnen an der Kantonsstraße, still ist es hier nie. Aber nichts Besonderes, nein.«

»Hat der Hund irgendwann Laut gegeben?«

»Der bellt nicht so leicht. Und wenn, dann hören wir nicht hin. Er träumt oft schwer.«

»Diese Nacht auch?«

»Wie gesagt, wir hören nicht hin. Sie brauchen mich auch nicht weiter zu löchern, Sie sollen nur den Diebstahl protokollieren, damit ich ihn der Versicherung melden kann.«

Das tat Capaul.

Er notierte eben Marke und Wert der Batterie – eine Voss für hundertfünfzig Franken –, als Barbla wieder anrief: »Wenn du fertig bist, komm zur Giardinaria unten am Inn. Dort wurde auch eingebrochen.«

Die Gärtnerei von Lavin war ein verwunschener Ort, selbst im November. Bäume und Büsche – darunter einige riesige Trauerweiden – wucherten scheinbar wild um ein malerisches altmodisches Gewächshaus, das in seiner Form an jene Rosette in der Kirche erinnerte, welche die Brust des Heiligen durchdrang.

Im winzigen Büro der Gärtnerei saß eine vielleicht fünfzigjährige Frau mit brünettem Pagenkopf und rosigen Wangen auf einem Holzstuhl und nickte ihm freundlich zu. Barbla stand an die Wand gelehnt und notierte.

»Massimo«, sagte sie, »das ist Rut, die Besitzerin der Giardinaria. Jemand ist übers Gitter geklettert und hat das Fenster eingedrückt. Vermisst wird fast nichts, offenbar wurden nur Crackers und Kekse aus der Teeküche gestohlen. Eventuell Kopfwehtabletten.«

Rut fügte hinzu: »Und aus einem Beet ein paar Rüben.«

»Kein Geld?«, vergewisserte er sich.

»Wir haben hier keines. Die Gärtnerei ist seit September geschlossen. Ich kam nur her, um den vertrackten Staub vom Gewächshaus zu waschen, damit die Pflanzen wieder Licht bekommen. Außerdem wollte ich mich vergewissern, dass die Lüftung noch funktioniert. In den letzten Tagen war immer wieder der Filter verstopft.«

Barbla sagte: »Ich kann nicht allein entscheiden, ob wir Spuren sichern sollen, deshalb habe ich dich gerufen.«

»Ich will keine Anzeige erstatten«, erklärte Rut. »Ich dachte nur, für eure Arbeit ist es vielleicht wichtig zu wissen, dass es passiert ist.«

Barbla nickte. »Dieser Tage ist so viel los, dass ich gar nicht mehr weiß, was wichtig ist.«

»Was meint denn Roman?«, fragte Capaul.

»Freitags hat er frei, er hat Therapie.«

»Haben Sie jemanden im Verdacht?«, wollte er von Rut wissen.

Sie schüttelte den Kopf. »Na ja«, sagte sie dann, »wer immer es war, er kannte die Giardinaria, oder zumindest hat er eine Ahnung vom Gärtnern. Er ist zielstrebig auf die Rüben- und Randenbeete losgesteuert. Ein Laie sieht kaum, dass sich unter dem lappigen Kraut noch etwas Essbares versteckt. In der Erde wohlgemerkt.«

»Könnte es einer Ihrer Mitarbeiter gewesen sein?«

»Dafür wurde doch etwas grob gebuddelt. Ich habe auch nur einen Compagnon und eine Aushilfe, und die haben keinen Grund zu so was.«

»Meta«, fügte Barbla hinzu, »Tumaschs Witwe.«

Rut nickte. »Ja. Die Arme macht ganz schön was durch.«

»Darf ich die Beete mal sehen?«, fragte Capaul.

»Aber wie gesagt, ich will keine Anzeige erstatten«, wiederholte Rut, während sie sie hinausführte. Der Garten war winterfest gemacht, die meisten Beete waren geräumt. Auch lag überall der feine mattrote Schleier, außer dort, wo gewühlt worden war. Auch allerlei Fußspuren zeichneten sich ab.

Capaul bat darum, allein weitergehen zu dürfen, damit sich nicht noch mehr vermischten, und sortierte vor dem inneren Auge die verschiedenen Abdrücke, Ruts Birken-

stöcke, Barblas Polizeistiefel und die fremden, Schuh-
größe vierzig oder einundvierzig, starkes Profil, wobei
auffiel, dass der linke und der rechte Schuh ungleich ab-
gelaufen waren.

»Könntest du vom Rübenbeet ein Foto machen?«, bat
er Barbla. »Ach, und natürlich vom eingedrückten Fenster, für die Versicherung.«

Rut winkte ab. »Ich melde das nicht an, das Fenster ist
morsch, das wollten wir schon lange ersetzen. Und heute
Abend hängen wir gleich etwas zu essen ans Gitter, dann
muss die arme Sau nicht extra rüberklettern.«

»Also definitiv keine Anzeige?«, versicherte sich Barbla
nochmals.

»Nein, um Himmels willen.«

»Dann reicht eine Aktennotiz«, sagte Capaul. »Dafür
möchte ich aber gern noch kurz mit Meta Stupan sprechen. Der Vollständigkeit halber.«

VII

Capaul hatte sich vorgestellt, dass Meta klein und bescheiden in Lavins Unterdorf lebte. In Wahrheit war ihr Haus alt und verwittert, aber riesig, ein mehrstöckiges Wohnhaus mit schwach geneigtem Giebeldach und Freitreppe auf einer wild bewachsenen Erhöhung nahe dem Dorfplatz. *T. & M. Stupan Mayolani* stand auf dem Briefkastenschild, darüber klebten noch zwei Zettel. *Groß* stand auf dem einen, der andere war vom Regen verwaschen und unleserlich.

Capaul drückte den Klingelknopf, und als sich nichts regte, öffnete er behutsam die Eingangstür und rief: »Massimo Capaul hier, von der Polizei. Darf ich eintreten?«

Im selben Moment kam Meta aus dem Keller herauf, einen gut gefüllten Flechtkorb mit Wäsche in den Armen. Ihr Gesicht hatte nichts Strahlendes mehr, sie sah grau und verhärmt aus, ganz anders als am Vortag in der Kirche.

»Nur herein«, sagte sie müde. »Habt ihr ihn?«

»Nein, Rut will auch gar nicht Anzeige erstatten«, erzählte er und schloss die Tür hinter sich.

Kurz sah sie ihn irritiert an. »Ach so«, sagte sie dann. »Setzen wir uns.«

Sie stellte den Korb im Flur ab und ging ihm voraus in die Küche, die so altmodisch war wie alles andere im Haus, mit einem Elektroherd der ersten Stunde, Marke Elcalor, einem steinernen Spültrog, unter dem ein Plastikbecken stand, in das es regelmäßig tropfte, und geätzten Glasfenstern im Geschirrschrank. Am Fenster hingen

Häkelgardinen. Nachdem Meta zwei Gläser mit Wasser gefüllt und auf den Tisch gestellt hatte, setzte sie sich auf einen der Hocker, verschränkte die Knie und über den Knien die Hände. Sie sah aus wie eine Statue, vielleicht auch wegen ihres Kleides, das ebenfalls aus einer anderen Zeit zu sein schien, schmal geschnitten und sehr schlicht, bis auf das breite, weiße Revers des V-Ausschnitts. Das Haar trug sie nachlässig hochgesteckt und an den Füßen zierliche Mokassins.

Capaul fragte: »Sie waren nicht vielleicht letzte Nacht in der Gärtnerei?«

Sie schüttelte nur unmerklich den Kopf, danach fiel ihm nichts weiter zu fragen ein. Kurz lag das Haus in tiefer Stille, abgesehen vom Tropfen, dann erklang über ihnen Klaviermusik.

Nachdem er eine Weile gelauscht hatte, sagte er: »Wunderschön. Ist das nicht Chopin?«

»Rachmaninow«, erklärte sie. »Ich habe die oberen Stockwerke vermietet, an eine Pianistin und einen Architekten. Die Miete hält uns über Wasser. Ja, sie spielt schön. Allerdings: Zwei Stunden morgens, zwei Stunden nachmittags immer nur Rachmaninow, das zehrt dann doch an den Nerven.«

»Wer ist ›uns‹?«, wollte er wissen. »Sie sagten: ›Die Miete hält uns über Wasser.‹«

Meta schüttelte den Kopf, nicht als Nein, sondern als wollte sie etwas verscheuchen, eine Fliege oder einen bösen Gedanken.

»Reine Gewohnheit«, murmelte sie und griff nach dem Glas. Sie trank es in einem Zug leer, dabei stand sie schon auf, um es neu zu füllen. Danach blieb sie stehen, an den Schüttstein gelehnt.

Capaul erhob sich ebenfalls. »Ich weiß gar nicht mehr,

was ich noch fragen wollte«, gestand er. »Doch: Wie kam Ihr Mann eigentlich tagtäglich hoch in die Val Lavinuoz? Der Weg ist ziemlich anspruchsvoll, auch ohne Gehbehinderung.«

Sie kniff die Lippen zusammen, dann sagte sie: »Mit dem Mofa, und zwar einem besonders lärmigen. Er hat in seiner Jugend etwas dran gedreht, damit es schneller fährt.«

Capaul nickte. »Diese hochgetunten Mopeds sind jetzt wieder modern.«

»Ach ja?« In ihre Augen trat ein leichter Glanz.

»Ich werde mir die Hubschrauberfotos der Alp d'Immez nochmals ansehen, vielleicht ist das Mofa darauf zu sehen. Das wäre ein deutliches Indiz, dass Ihr Mann in der Lawine verunglückt ist.«

Sie stieß ein Geräusch aus, das ein Seufzen oder Schluchzen sein konnte, dann verriet sie: »Ich habe das Mofa letzte Nacht gehört. Dachte ich jedenfalls. Wenn die jetzt wieder modern sind, war es vielleicht auch ein anderes. Wobei ich mir nicht vorstellen kann, dass noch eines klingt wie Tumaschs.«

Die Nachricht überraschte Capaul. Er setzte sich, durch seinen Kopf schossen zahllose Gedanken. Schließlich setzte auch Meta sich wieder. Sie legte die Hände in den Schoß und senkte den Blick, so, als erwarte sie ein Urteil.

Er betrachtete ihren entblößten Nacken, dann fragte er: »Kam auch bei Ihnen heute Nacht etwas fort?«

»Waren wir nicht schon beim Du?«, fragte sie leise, erwartete aber keine Antwort. »Ich war der Meinung, ich hätte vorgestern Unterwäsche von Tumasch gewaschen, aber heute früh hing sie nicht mehr auf der Leine.«

»Unterwäsche?«, wunderte er sich.

Sie nickte. »Zwei Paar Boxershorts und Thermowäsche.«

»Und aus der Küche?«

Meta schüttelte den Kopf. »Die Haustür schließen wir für die Nacht ab, auch die Tür zum Keller hinab. Aber von außen kommt man in den Keller rein. Außerdem kann ich mir nicht vorstellen, dass er riskieren würde, mich …«

Sie sprach nicht weiter, und er fragte auch nicht nach. »Ich gehe jetzt nachsehen, ob das Mofa beim Felssturz in der Val Lavinuoz stand«, erklärte er und stand auf. »Dort kann es leicht jemand gestohlen haben, oder auch nur ausgeborgt, ein Wanderer etwa, den wir nicht auf der Vermisstenliste hatten und der sich damit aus dem Gefahrengebiet gerettet hat.«

Sie sah ihn zweifelnd an. »Ich will, dass es ein Ende hat«, sagte sie leise und blieb sitzen, die Hände im Schoß.

»Ich auch«, versicherte er und verließ das Haus, um zum Polizeirevier in Zernez zu fahren.

Im Treppenhaus begegnete er Barbla, die schon wieder auf dem Heimweg war.

»Warst du bei Meta?«, fragte sie.

»Ja.«

»Und?«

Er zögerte. »Sie war es jedenfalls nicht.«

»Schön, ich gehe kochen«, sagte Barbla und rutschte die letzten Stufen auf dem Geländer. Von unten rief sie: »Schreibst du die Aktennotiz?«

»Ja, mache ich gleich«, versprach er.

Doch davor rief er Fadri, einen der geretteten Sennen an. »Massimo Capaul von der KP Zernez. Eine Frage ist noch aufgetaucht. Wo hatte Tumasch eigentlich jeweils sein Mofa geparkt?«

Fadri lachte. »Eine sonderbare Frage. Es hat keinen Ständer mehr, deshalb hat er es immer an die Hüttenwand gelehnt.«

»Welche Wand?«

»Vom Wetter abgewandt natürlich, also talauswärts.«

Das war Süden. Capaul dankte und hängte auf, dann nahm er sich die Fotos des Hubschrauberpiloten nochmals vor. Sie waren nicht scharf, doch einen dunklen Schatten an der Talseite der Hütte konnte man sehr wohl als Mofa interpretieren.

Mithilfe einer Landkarte versuchte er nachzuvollziehen, welche Route ein allfälliger Wanderer genommen haben könnte, um jetzt, drei Tage später, ins Gefahrengebiet zu geraten und sich dort das Mofa zu schnappen, als ein Anruf des Krankenhauses in Scuol ihn unterbrach: »Die Leiche von Duri Lechthaler ist eingetroffen. Wir haben bei den Hinterbliebenen nachgefragt, was damit geplant ist, und erfahren, dass einer bei euch sich angeblich als Bestatter angeboten hat.«

»Das bin ich. Es gab die Unsicherheit, ob eine Leiche mit einer so großen Verletzung überhaupt präsentabel hergerichtet werden kann, und ich habe darin Erfahrung. Bevor ich Polizist wurde, habe ich viele Leichen hübsch gemacht.«

»Umso besser, bei uns reißt sich niemand darum«, erklärte der Anrufer, und nachdem sie abgehängt hatten, rief Capaul bei Lechthalers an. Der Sohn nahm ab, Martin.

Capaul fragte: »Haben Sie die Kleider schon parat, in denen Ihr Vater beerdigt werden soll?«

»Moment«, sagte Martin nur und rief durchs Haus: »Anna, es geht um die Kleider für Baps Beerdigung.«

»Sind Sie der nette Polizist?«, fragte Anna, als sie den Hörer nahm.

77

»Na ja, ich gebe mir Mühe«, sagte er verlegen. »Ich würde mich gern heute Nachmittag den sterblichen Überresten Ihres Vaters widmen. Dazu bräuchte ich Kleider.«

»Ich habe sie noch gar nicht parat«, gestand Anna. »Was ist denn passend?«

»Etwas Hochgeschlossenes wäre gut, Anzug und Krawatte beispielsweise. Auch ein Halstuch geht.«

»Nein, er war schon der Anzugtyp. Zu Hause trug er Cordsamtjeans und Holzfällerhemd, aber darin sah er noch erbärmlicher aus. Aber sagen Sie, wenn Sie ihn zurechtmachen, sieht man dann überhaupt nichts mehr?«

»Von der Wunde?«

»Ja. Ich wüsste gern, wie so was aussieht.«

»Sie können gern dabei sein, wenn ich ihn einkleide. Aber das verfolgt Sie vielleicht danach.«

»Schon klar«, sagte sie. »Ich glaube, das nehme ich in Kauf. Er verfolgt mich sowieso.«

»Ich will Ihnen nicht zu nahe treten«, sagte Capaul, »aber falls Ihr Vater Ihnen etwas angetan haben sollte, wäre es vielleicht sinnvoll, Sie reden mit meiner Kollegin Barbla Salut. Sie haben sie gestern schon kennengelernt.«

»Nein, er hat mir nichts angetan«, versicherte Anna. »Manchmal habe ich mir gewünscht, er täte es, um überhaupt etwas zu spüren. Mein Vater war ein gelecktes Arschloch, um es freiheraus zu sagen, ein Mensch ohne Innenleben. Für meine Mutter der perfekte Mann, die ist auch so. Mein Bruder Martin auch. Ich bin das schwarze Schaf in der Familie.« Und völlig übergangslos: »Was denken Sie gerade? Ich höre Sie nicht mehr.«

Capaul räusperte sich. »Ich frage mich, wie alt Sie sind.«

»Achtzehn.«

»Ich glaube, ich bin noch nie einer Achtzehnjährigen

begegnet, die ihre Familie so klar sieht. Wenn ich daran zurückdenke, wie ich mich mit achtzehn irgendwie blind durchs Leben gewurschtelt habe ...«

»Quatsch«, sagte Anna. »Dafür ist Ihr Blick viel zu wach. Sie haben Augen wie eine Kuh, wissen Sie das? Die meisten Leute halten sie für stumpf, was kompletter Blödsinn ist. Wussten Sie, dass Kühe vor Heimweh richtige Tränen weinen? Dass sie Selbstmord begehen können? Aus Vereinsamung, weil sie von der Herde gemobbt werden, oder aus Liebeskummer? Sie stürzen sich von der Klippe.«

»Woher wissen Sie solche Dinge?«

»Ich lerne Tierarztgehilfin, zweites Lehrjahr. Davor war ich auf der Alp. Ob Sie es glauben oder nicht, ich habe schon viel gesehen. Also, wann treffen wir uns, und wo?«

Bevor Capaul nach Scuol ins Krankenhaus fuhr, kaufte er in der kleinen Bäckerei von Denner an der Hauptstraße ein Sandwich und ließ sich in eine Konversation übers Wetter verwickeln. Der Verkäufer erzählte, dass in ganz Europa Linienflüge gestrichen wurden, weil die Reinigungsteams an den Flughäfen überlastet waren. »Fast wie damals bei diesem isländischen Vulkan, Eyafaya-Dingsbums. Der Grund ist Tief Igor, das über Spanien festsitzt und keine Anstalten macht, sich zu bewegen. So verletzlich ist die moderne Welt.«

»Das hat ja auch sein Schönes«, sagte Capaul, ehe er in die Tiefgarage des Polizeireviers ging, dort möglichst sanft den Staub von der Frontscheibe seines Chrysler spülte und losfuhr.

Das Gesundheitszentrum Unterengadin in Scuol lag oberhalb des modernen Dorfteils, direkt an der Kantonsstraße. Anna wartete bereits am Empfang, sie trug einen schwarzen Mantel, den sie wohl secondhand erstanden hatte, darunter ein Matrosen-T-Shirt, schwarze Leggins, Stiefelchen mit Fransen und in der Hand eine große Ledertasche mit den Kleidern für ihren Vater. Das lange offene Haar lag wie ein Cape über den Schultern.

Capaul vergewisserte sich: »Sind Sie wirklich sicher, dass Sie sich das antun möchten?«

»Bombensicher«, sagte sie, »und ich weiß auch schon, wo wir hinmüssen. U13.«

Sie nahmen den Lift ins Untergeschoss. Zimmer U13 war ein fast leerer gekachelter Raum. Nur einige Rollmöbel standen bereit und an der Wand eine Spüle und ein Stahltisch mit Hocker und einer Waage.

Der Tote lag auf einer Bahre in der Mitte des Raums, er war mit einem Leichentuch bedeckt, das Capaul erst nur leicht anhob. Nachdem er sich vergewissert hatte, dass der Anblick erträglich war, schlug er es bis zu den Lenden zurück. Marx hatte in Chur offenbar vorgearbeitet: Die Wunde am Hals war sorgfältig bandagiert, ebenso der Rumpf. Die beiden Bandagen verband ein breites Tape, das von oben nach unten übers Brustband geklebt war. Der Anblick erinnerte an eine Sadomaso-Orgie.

Anna war bei der Tür stehen geblieben, die Tasche hielt sie mit beiden Armen umarmt vor der Brust. »Er ist viel kleiner als im Leben«, stellte sie fest.

»Das haben Tote so an sich.« Capaul suchte in den Rollmöbeln nach Puder und Schminke, um die kleinen Einschüsse im Gesicht zu retuschieren.

»Machen Sie nicht zu viel«, bat sie. »Er soll nicht aussehen wie lebendig.«

Capaul legte die Schminke weg. »Wollen Sie mir helfen, ihn anzuziehen?«

Sie verstand das als Aufforderung, Kleider und Schuhe

auszupacken. »Nein«, sagte sie dabei, »ich sehe lieber nur zu.«

Capaul kleidete schweigend die Leiche ein, Anna saß auf dem Hocker bei der Wand und sah zu. Nur einmal sagte er: »Die Schuhe brauchen wir nicht, Tote gehen in Socken«, und Anna legte sie zurück in die Tasche.

»Ich dachte, ich hätte ihm ganz viel zu sagen«, stellte sie irgendwann verwundert fest. »Ich habe mir sogar vorgestellt, dass ich ihn anbrülle oder ohrfeige. Aber jetzt habe ich nur Mitleid.«

»Als ich meine Mutter eingesargt habe, habe ich pausenlos geredet«, erzählte Capaul und knöpfte der Leiche das Hemd zu. »Völlig belangloses Zeug, Alltagskram. Über den Schuster, bei dem ich die Schuhe hatte besohlen lassen, die ich zu ihrer Beerdigung tragen wollte. Über die Idee, Polizist zu werden. Solange sie lebte, war für all so was kein Platz gewesen, es hatte nur sie und ihren Hass gegeben.« Er knüpfte die Krawatte.

»Hass worauf?«, fragte Anna.

Capaul kämmte dem Toten die Augenbrauen und zupfte ein paar Haare, die aus den Ohren ragten, bevor er sagte: »Vielleicht war es nicht Hass, mehr Verzweiflung. Ich wäre so weit fertig. Bestimmt wollen Sie noch allein mit ihm sein.«

Anna schüttelte den Kopf und stand auf. »Meine Mutter ist auch so. Der Nabel der Welt, meine ich. Vielleicht war Baps gar kein Arschloch, nur zu schwach, um ihr mal den Rücken zuzuwenden und mich anzusehen.«

Als sie wieder durch die Pforte gingen, fragte Capaul: »Soll ich Sie irgendwohin mitnehmen?«

»Kann ich noch sehen, wo er gestorben ist?«, fragte Anna.

Da sie mit dem schwarzen Audi Quattro ihrer Mutter gekommen war, fuhr sie hinter Capaul her, wobei sie mehrmals dicht auffuhr, als ob sie ihn anschubsen wollte.

Auch als sie ausstiegen, war sie ungeduldig. Nachdem Capaul den Weg gewiesen hatte, ging sie mit großen Schritten voraus. Wurde es steil, stieß sie sich mit den Händen von den Knien ab.

Am Berg wehte der Wind heftiger als im Tal, er trug auch viel mehr Sand. Zweimal wehte Capaul überdies ein loses Haar von ihr ins Gesicht. Im Wald dagegen war es fast wieder windstill. Beim Unfallort schwirrte es von Insekten, die Blutlache war zu einem Tummelfeld für Ameisen geworden, und ein größeres Tier, vielleicht ein Marder, hatte auf den Blutfleck gekotet, vermutlich um zu markieren. Erst hielten sie die Losung für eine Nacktschnecke.

Anna fragte: »Wie hat Baps gelegen, als sie ihn gefunden haben?«

Er wunderte sich, dass er die Jäger nicht danach gefragt hatte. »Da das Blut so nah beim Baum ausgeflossen ist, nehme ich an, mit den Füßen zum Tal.«

»Und hier kamen die Kugeln raus?« Sie hob eine Patronenhülse auf, die in einem Kissen von Lärchennadeln gelegen hatte.

Er wurde rot. Die hätte er nicht übersehen sollen. »Darf ich mal?« Er nahm die Hülse und las: 12/70. Die Pappe war noch keinem Regen ausgesetzt gewesen. »Ja, vermutlich«, sagte er und gab sie ihr zurück.

»Darf ich sie behalten?«

Er zögerte kurz. »Ja, warum auch nicht.«

Sie behielt die Hülse in der Hand und sah schweigend aufs Blut ihres Vaters, dabei wischte sie sich unauffällig eine Träne weg.

»Ja, dieser Wüstensand« sagte er. »Mir brennen die Augen auch.«

»Ich will jetzt nach Hause.«

Beim Abstieg blieb Anna zurück. Als Capaul beim Kehrplatz angekommen war, wartete er kurz, ob sie noch auftauchte, dann wendete er mit etwas Mühe den Chrysler, denn die Windschutzscheibe war wieder matt von Staub, und er fürchtete, über die Böschung zu geraten.

Danach blieb er hinterm Steuer sitzen und wartete auf Anna, an ihrem fetten Audi kam er ohnehin nicht vorbei. Währenddessen rief er Barbla auf dem Revier an: »Tust du mir einen Gefallen? Ich habe mir nochmals die Stelle angesehen, an der Duri Lechthaler umgekommen ist. Könntest du im Lauf seiner Flinte nachsehen, ob die Hülse noch drinsteckt?«

»Natürlich steckt sie«, sagte sie verwundert, »wer sollte sie auch herausgenommen haben?« Er hörte sie ächzend aufstehen und den Schrank öffnen, dann klickte das Gewehrschloss. »Steckt«, bestätigte sie. »Sonst noch was?«

Anna klopfte an die Scheibe.

»Nein, das war's, danke. Ich komme auch gleich aufs Revier.« Er beendete das Gespräch und kurbelte die Scheibe herunter.

Annas Gesicht war verschmiert von Tränen und Staub. »Können Sie mir helfen zu wenden?«, bat sie. »Ich habe den Führerschein erst seit zwei Monaten.«

Er stieg aus und gab Anweisungen, danach hupte sie und fuhr mit quietschenden Scheibenwischern davon. Capaul winkte und stieg auch wieder ein. Kurz hörte er noch zu, wie der Wind durch die Ritzen des alten Chrysler pfiff, und versuchte sich einzureden, dass man zur Jagdzeit bestimmt überall leere Munitionshülsen fand. Dann startete er den Motor und fuhr im Schritttempo talwärts.

VIII

Es war drei Uhr. Der Schalter des Polizeipostens in Zernez war noch bis fünf Uhr geöffnet, und Capaul ging davon aus, dass Barbla darauf wartete, dass er sie ablöste. Sie hatte es aber nicht eilig. Roman hatte ihnen Pralinen hingestellt, »zur Feier der glücklich überstandenen, wohl schwierigsten Woche des aktuellen Jahrhunderts«, wie er auf ein Post-it geschrieben hatte. Barbla brühte Roibuschtee mit Mandarinengeschmack auf, und sie verbrachten zu zweit einen vergnügten Nachmittag mit der Verrichtung der alltäglichen Nichtigkeiten, die ein Provinzpolizeiposten für gewöhnlich mit sich bringt: Sie deponierten ein Motorradkontrollschild, stellten einen Ersatzausweis für einen verlorenen Reisepass aus und beschwichtigten einen aufgebrachten Verkehrssünder, der nicht einsehen wollte, dass auch bei Überholmanövern die Geschwindigkeitsbegrenzung gilt, mit einer Schnapspraline.

Um fünf nach fünf verabschiedete Barbla sich von Capaul mit angedeuteten Wangenküssen, er wusch noch eben das Teegeschirr ab und überflog die neuesten Meldungen der Zentrale, dann fuhr auch er ins Wochenende. Im Kastenwagen, denn er hatte nicht frei, sondern Bereitschaftsdienst. Jon Luca, sein einziger Freund bei der Samedaner Polizei, hatte aber gemeldet, dass man ihn nur im äußersten Notfall rufen wolle, und Capaul freute sich aufs Ausschlafen.

Als er am nächsten Morgen gegen halb sieben Uhr ge-
wohnheitsmäßig aufwachte und kurz die Augen aufschlug, fiel sein Blick jedoch aufs staubbedeckte Fenster,
und wenn auch Bernhilds Inschrift nicht mehr lesbar war,
reichten doch die vorhandenen Spuren aus, um ihn wieder
an Meta zu erinnern. Diesmal machte er sich Vorwürfe
für ein Versäumnis: Hätte er sie nicht fragen müssen, in
welche Richtung Tumaschs Mofa gefahren war, um eine
Fahndung einzuleiten oder jedenfalls das Mofa vermisst
zu melden? Wobei dies verzwickterweise wiederum dazu
führen mochte, dass Tumasch nicht gleich für tot erklärt
wurde, was zum einen Metas Unruhe verstärken würde,
zum anderen müsste sie länger auf die Witwenrente warten, die Capaul ihr umso herzlicher gönnte, als unübersehbar gewesen war, wie notdürftig sie ihr Haus instand-
hielt.

Damit war die Fröhlichkeit dahin. Ratlos stand er
schließlich auf, duschte und ging hinunter in die Wirtsstube, um wenigstens in Ruhe zu frühstücken. Nur war
Bernhild von einer Schar Wandervögel überrannt worden,
die einer blockierten Weiche wegen – der Saharasand –
den Anschlusszug ins Albulatal verpasst hatten und bei
Kaffee und Gipfeli die Zeit überbrückten. Capaul ging ihr
zur Hand und ließ sich von einem Gast in ein dümmliches
Gespräch über die Aufgaben der Polizei in Bergregionen
verwickeln: »Sie haben auch Mut, als Zürcher unter lauter
Hinterwäldlern …«

Als die Weiche endlich repariert und die Zeche kassiert
war und Capaul sich eben zum Frühstück gesetzt hatte,
rief Jon Luca an: »Tut mir leid, Kumpel, Unfall auf der
Ofenpassstraße bei Ova Spin, vermutlich ein Toter. Der
Wagen liegt ausgebrannt im Tobel, wir brauchen dich.«

Capaul stürzte den Kaffee hinunter und schnappte sich

eine Flasche Mineralwasser, um den Staub der Nacht von der Windschutzscheibe des Kastenwagens zu spülen, dann machte er sich auf den Weg. Erst schaltete er das Martinshorn ein, merkte aber, dass die Fahrer vor ihm erwarteten, dass er überholte, was er sich nicht zutraute, und machte es wieder aus.

Nach Zernez wurde die Straße schmal und führte in vielen Windungen, Steigungen und Abfahrten nach Italien, das man einerseits durch einen Tunnel in Richtung Lombardei erreichte, andererseits, indem man durch den Nationalpark ins Münstertal fuhr, von dort entweder über den Piz Umbrail nach Bormio oder sanft hinab ins Südtirol. Ova Spin lag an der Grenze zum Nationalpark, dort galt allgemeines Jagdverbot. All dies erfuhr er unterwegs von Roman, der ihn aus schlechtem Gewissen angerufen hatte, weil er drei Tage am Stück frei hatte. »So ein Burnout ist eben auch eine ernste Sache.«

»Kein Problem, ich packe das«, versicherte Capaul, »und mit Jon Luca arbeite ich bestens zusammen, wir haben schon zwei knifflige Fälle gelöst.« Das war etwas übertrieben, doch immerhin beflügelte Capaul der Gedanke, mit Jon Luca gemeinsam im Einsatz zu sein, so sehr, dass er auf den letzten Kilometern doch wieder das Martinshorn anwarf und aufs Pedal drückte.

Um ein Haar wäre er so dem Unfallwagen in den Abgrund gefolgt. Weil er nicht mitbekommen hatte, dass er schon am Einsatzort war, gab er auf der langen ansteigenden Geraden bei Ova Spin Gas und ließ sich von einer tückischen Linkskurve überraschen, die erst im letzten Augenblick zu sehen war.

Den Schleuderspuren auf dem Asphalt nach war der Unfallwagen hier geradeaus weitergefahren, hatte mehrere Plastikpfeiler umgemäht und war, da die Leitplanke erst einige Meter weiter vorn einsetzte, ungebremst über die Straßenkante hinweg in die Tiefe geschossen.

Capaul gelang es glücklicherweise noch zu bremsen und das Steuer einzuschlagen. Er sah zwei Uniformierte, vermutlich Feuerwehrleute, am Rand der Böschung stehen, ein dritter platzierte gerade das Warnschild um. Wenden konnte Capaul wegen des Gegenverkehrs nicht, auch saß ihm der Schreck noch in den Gliedern. In gemäßigtem Tempo fuhr er noch einige hundert Meter weiter, die Straße führte nun in einer weiten Schlaufe in die Schlucht hinab und passierte einen Parkplatz, auf dem verschiedene Einsatzautos standen. Capaul sah ein Löschfahrzeug der Feuerwehr und einen Tankwagen, einen Kastenwagen der Polizei, mehrere Privatautos und einen Krankenwagen. Dazu parkte gerade ein schwerer Holzlaster ein. Männer in verschiedenen Uniformen riefen einander auf Romanisch irgendetwas zu, vielleicht schrien sie sich auch an, die Stimmung jedenfalls war angespannt.

Auch Capaul verließ die Straße, parkte und ging zum anderen Kastenwagen. Linard saß darin und studierte die Landkarte.

»Wo ist Jon Luca?«, fragte er.

Linard wies zu einer rauchenden Stelle am Waldhang. »Wir haben entschieden, dass wir den Wagen besser runterziehen und übers Bachbett heben, als ihn wieder hoch zur Straße zu hieven. Hier hat der Schlepper den besseren Stand, und die Bäume stören weniger.«

Während er sprach, fuhr der Krankenwagen davon.

»Konnte jemand gerettet werden?«, fragte Capaul.

Linard schüttelte den Kopf. »Die Leiche ist total verkohlt. Wir konnten nur noch einen Waldbrand verhindern. Der Ferrari gehörte Robert Caviezel, dem Bauingenieur aus Susch, vermutlich ist er auch der Tote.« Der Name kam Capaul irgendwie bekannt vor. Doch Linard sprach schon weiter: »Seine Frau gibt am Wochenende Meditationskurse oder Selbsterfahrung, so was. Mit Trommeln und Singen und Bäume-Umarmen, du weißt schon. Es ist im Tal ein offenes Geheimnis, dass er dann in Livigno seine Geliebte besucht. Er selbst behauptet, er fahre jeweils billig tanken. Livigno ist Zollfreizone.« Linard zeigte hoch. »Jetzt löschen sie wieder.«

Capaul sah, wie die Feuerwehrleute mit erstaunlichem Druck Wasser aus dem Tankwagen hoch zur Unfallstelle schossen. Er fragte sich, ob sie wussten, dass Jon Luca noch dort war. Dann sah er ihn aber mit dem Fahrer des Holzlasters diskutieren. Den Gesten nach besprachen sie die Abschleppaktion.

»Was ist meine Aufgabe?«, fragte Capaul.

»Sieh dich oben auf der Straße um«, wies Linard ihn an. »Wenn wir Glück haben, findest du jemanden, der den Unfall beobachtet hat. Die Versicherungen wollen immer wissen, ob der Unfall selbstverschuldet ist, das erspart ihnen ein paar Tonnen Rente. Caviezel war bekannt für seinen Fahrstil. Logisch, wozu hat man sonst einen Ferrari? Es kann aber auch sein, dass ihm ein Tier vor den Kühler gerannt ist oder ein Stein auf der Fahrbahn lag.«

Capaul fuhr also wieder hoch. Die Feuerwehrleute waren weg. Er nahm die Dienstkamera aus dem Kastenwagen und dokumentierte die Unfallstelle. Caviezel war ein Reifen geplatzt, Fetzen davon lagen auf der Fahrbahn verstreut. Offenbar hatte er noch zu bremsen versucht, aber der Wagen schlingerte und war dann haargenau durch die schmale Lücke zwischen Leitplanke und einer kleinen Lärche gerutscht, die am Rand der Böschung wuchs. Ein ferrariroter Striemen verriet, dass er die Leitplanke noch knapp touchiert hatte.

Capaul knipste gerade jene Stelle, als hinter ihm jemand feststellte: »Scheiße mit Reis, kann ich da nur sagen.«

Capaul wandte sich um und stand einem Mann gegenüber, der fast zwei Köpfe kleiner war als er. Er trug einen Stoppel- oder fast schon Igelbart, ein rot-weiß kariertes Hemd und darüber speckige Hosenträger. Die Füße steckten in senfgelben Stricksocken, darüber hatte er Plastiksandalen an und im rechten Ohr eines dieser In-Ear-Headsets, wie Börsenmakler sie tragen.

»Ich bin der Wirt«, erklärte er.

»Welcher Wirt?«

Der Zwerg zeigte die Straße entlang, zurück in Richtung Zernez. Capaul erinnerte sich, dort ein verwaschenes Herbergsschild gesehen zu haben, jetzt verstellte die Kuppe den Blick.

Capaul fragte: »Haben Sie den Unfall gesehen?«

»Na ja, gesehen … Wenn der Caviezel zu seiner Primadonna fährt, sieht man nicht viel. Wir nennen ihn den roten Blitz, freccia rossa. Und wir stellen die Uhr nach ihm: Um acht Uhr einundfünfzig fährt er jeden Samstag hinüber.«

»Wen meinen Sie mit ›wir‹?«

»Lidia und mich. Sie ist von drüben, mein Mädchen für alles.« Der Zwerg leckte die Zähne ab und schmatzte vielsagend.

Capaul versuchte ihm auf die Sprünge zu helfen: »Aber etwas war diesmal offensichtlich anders.«

Der Zwerg sah ihn verständnislos an. »Wieso, was meinen Sie?«

»Das will ich eben von Ihnen hören. Es muss geknallt haben.«

»Ach so, ja, genau, zweimal. Ich dachte, boah, jetzt hat er Zwischengas gegeben!«

»Zwischengas?«

»Genau, gibst du Zwischengas, spritzt unverbranntes Benzin in den Auspuff, und das entzündet sich am heißen Katalysator. Ist nicht gut für den Motor, wäscht das Öl aus den Zylindern, aber macht halt Spaß.«

»Woher weiß man denn so was?«

»Ich war Rallyefahrer«, verriet der Zwerg. »Überhaupt bin ich ein Mann mit Vergangenheit. Erst Jockey, dann Rallyes. Aber am meisten habe ich im Fliegenfischen gewonnen. Wollen Sie meine Pokale sehen?«

»Lieber Lidia.«

»Die ist heute nicht da. Im November haben wir schon zu, ich bin privat hier. Bei dem Wetter muss man kaum heizen, und ich meide das Tal, wann immer es geht. In meinem Herzen bin ich Philosoph, müssen Sie wissen.«

»Das habe ich schon gemerkt«, sagte Capaul. »Geben Sie mir Ihre Nummer, für den Fall, dass noch Fragen auftauchen? Und den Namen bitte.«

»Max Strahm, der stramme Max genannt. Telefon habe ich nicht, ist abgestellt.«

»Was ist dann das in ihrem Ohr?«

Der Zwerg feixte. »Sieht aus wie echt, was? Zwei Euro drüben an der Tankstelle. Man hält ja was auf sich.«

Capaul dankte und kehrte zu seinem Kastenwagen zurück. Jon Luca war nachgekommen, er lehnte am Kotflügel und telefonierte. Seine Uniform war nass und rußverschmiert, außerdem hatte er die linke Hand einbandagiert. »Wir versuchen noch die Ehefrau zu erreichen«, erklärte er, steckte das Handy weg und reichte ihm die Rechte. »Sie steckt irgendwo in freier Natur, kein Mensch weiß, wo. Wir wollen nicht, dass sie es aus dem Radio erfährt.«

»Wenn sie wirklich Bäume umarmt, glaube ich nicht,

dass sie dabei Radio hört«, sagte Capaul. »Aber ich verstehe schon. Was ist mit deiner Hand?«

»Nur eine Brandblase. Mensch, ihr Zernezer seid echt vom Pech verfolgt.«

»Danke.«

»Wofür?«

»Dass du nicht sagst: ›Scher dich zum Teufel, Massimo. Wo du auftauchst, hagelt es Leichen.‹«

»Ich gebe zu, gedacht habe ich so was.«

»Ja, ich auch.« Capaul legte die Kamera ins Auto. »Ich bin hier fertig. Soll ich die Frau suchen?«

»Nein, das macht Barbla schon. Und Linard schreibt den Bericht. Schick uns nur die Fotos und schreib eine kurze Mail, dann kannst du Feierabend machen. Es ging wirklich nur darum, den Unfallort zu dokumentieren, bevor der nachfolgende Verkehr alle Spuren verwischt. Wir melden uns, wenn noch etwas ist.«

»Ich habe aber nichts weiter vor.«

Jon Luca seufzte. »Hör zu, Massimo, Caviezel war ein bekannter Mann. Inzwischen kam von Gisler die Weisung, dass wir das ohne dich machen.«

Capaul überhörte ihn. »Caviezel … Wieso kommt mir der Name so bekannt vor?«

Jon Luca hob die Schultern. »Keine Ahnung, man kennt ihn eben. Große Klappe, schnelle Autos. Und er war ins Baukartell verwickelt, allerdings ohne größere Konsequenzen. Jetzt hoffe ich nur, das weckt nicht gleich wieder deine Phantasie.«

»Selbstmord war es jedenfalls nicht«, versicherte Capaul. »Er hat noch versucht zu bremsen. Der Reifen war geplatzt, und vermutlich war er zu schnell unterwegs. Sie nennen ihn hier oben freccia rossa.«

Jon Luca zuckte mit den Achseln. »Die Einheimischen fahren hier alle zu schnell«, erklärte er. »Dann mal weiter.« Er stieß sich vom Kotflügel ab und verzog vor Schmerz das Gesicht, die Verbrennung an der Hand war wohl doch schlimmer, als er behauptet hatte.

»Lass dich verarzten. Soll ich dich ins Krankenhaus fahren? Überhaupt, wie bist du hochgekommen?«

»Ein Nationalparkheini hat mich mitgenommen. Nein, ich spaziere runter, ich will mir noch ansehen, wie Ramun den Wagen rauszieht. Mit Kran und Seilwinde ist er ein wahrer Karajan. Und ich brauche von ihm noch eine Unterschrift.«

»Kann ich die nicht holen?«, bat Capaul.

»Du begreifst nicht. Gisler ist im Anmarsch, und er will dich hier nicht sehen. Er bereut sowieso schon, dich wieder eingestellt zu haben.«

»Dabei halte ich mich so sehr zurück!«

»Das solltest du auch weiterhin tun.«

Also fuhr Capaul nach Zernez aufs Revier, übertrug die Fotos auf den Computer und schickte sie Linard, ergänzt mit einer knappen Beschreibung des Unfallorts. »Selbstmord ausgeschlossen«, schrieb er, um ganz klar zu sein, und schickte die Mail ab. Danach konnte er es sich allerdings nicht verklemmen, eine zweite nachzuschieben. Es war nur ein Wort: »Mord?«

Das war als Scherz gemeint, dennoch ließ der Gedanke ihn nicht mehr los. Er rief Caviezels Personalien auf, um zu sehen, ob er vielleicht, wie Duri, ein Jahrgänger von Tumasch gewesen war. Caviezel war zwei Jahre jünger, aber auch in Lavin geboren und aufgewachsen. Er saß in diversen Baugremien, dazu war er Vorstandsmitglied des Bündner Kantonalen Patentjäger-Verbands. Das veranlasste Capaul, die Akte von Clas Jagdunfall nochmals hervorzunehmen. Er las die Liste der Jäger durch, die in jener Nacht auf Pirsch gewesen waren. Deshalb war der Name ihm bekannt vorgekommen: Caviezel hatte gemeinsam mit Duri Lechthaler und einem Oscar Depeder am Piz Glims gejagt. Depeder war laut Datenbank sechs Jahre älter als Caviezel, geboren und aufgewachsen in Scuol, Hochbauzeichner, Architekt und Großrat im Kantonsparlament. Verheiratet, drei Töchter.

Capaul rief Meta Stupan an. Es dauerte eine Weile, bis sie abnahm. »Habe ich dich aus dem Mittagsschlaf geweckt?«

»Nein, ich habe draußen gesessen und das Telefon nicht gleich gehört. Über der Val Lavinuoz steht wieder eine Staubwolke, der nächste Felssturz. Aber weswegen rufst du an? Hast du das Mofa gefunden?«

»Nein. Ich wüsste nur gern mehr über die Freunde deines Mannes.«

»Tumasch hatte keine Freunde.«

»Freunde von früher, meine ich. Vor Clas Tod. Ich gebe dir drei Namen: Duri Lechthaler, Robert Caviezel, Oscar Depeder.«

»Der Großrat?«

»Ja.«

»Mit Duri war Tumasch früher befreundet, ja. Die anderen kannte er nur, wie man sich unter Jägern so kennt. Caviezel und Depeder gehören in eine ganz andere Liga, sie sind wichtige Leute, und reich. Tumasch war sein Leben lang einfacher Arbeiter.«

»Zu welcher Liga gehörte denn Duri? Offenbar war er mit allen dreien befreundet. Jedenfalls ist er mit Caviezel und Depeder auf die Jagd gegangen.«

»Keine Ahnung«, sagte Meta. »Vielleicht weil er auch Ambitionen hatte, Großrat zu werden.«

93

Capaul dachte nach. »Lass mich anders fragen: Tumasch hatte also keinen Kontakt mit Caviezel oder Depeder?«

»Doch, doch, beruflich schon. Sie arbeiteten ja alle drei auf dem Bau. Mir fällt gerade ein, dass Oscar Depeder einmal bei uns angerufen hat. Er wollte, dass Tumasch irgendwohin kommt, es ging um ein Projekt am Piz Macun, ein Weg oder eine Verbauung. Das war vielleicht ein halbes Jahr nach Clas Tod. Tumasch kam völlig zerschlagen zurück.«

»Du meinst niedergeschlagen?«

»Nein, zusammengeschlagen. Er hat mir erzählt, dass er die Verabredung verpasst hat, weil er gestürzt ist. Aber er sah ganz klar verprügelt aus: blaues Auge, blutige Nase, aufgerissene Lippe. Ich habe aber nichts aus ihm rausgekriegt. Nur, warum fragst du das alles?«

Capaul konnte nicht antworten, denn im Revier wurde es laut: Offizier Gisler, Roman und Jon Luca rückten an. »Ich melde mich nochmals«, sagte er nur und hängte auf.

»Wie konnte das überhaupt so schnell durchsickern?«, tobte Gisler. »Der Mann ist keine vier Stunden tot, die Witwe noch nicht informiert, und ich werde mit Anrufen bombardiert!« Er ließ sich in einen Stuhl fallen, dabei fiel sein Blick auf Capaul. »Haben Sie nicht frei?«

»Nein, Roman hat frei, ich habe Bereitschaftsdienst«, erklärte Capaul. »Und ich tippe auf den Wirt der Bergunterkunft Ova Spin.«

»Linard sagt, Sie spinnen schon wieder, Sie suchen den nächsten Mörder. Jetzt soll es also der stramme Max gewesen sein?«

»Das mit dem Mord war nur ein Scherz«, verteidigte sich Capaul. »Sie fragten, wie es durchsickern konnte. Der stramme Max hat quasi zugesehen, wie Caviezel in den Abgrund fuhr, und er ist eine Plaudertasche.«

Gisler starrte ihn an, dann wandte er sich wieder den anderen zu. »Jedenfalls stehe ich gewaltig unter Druck, und zwar von zwei Seiten. Die eine will, dass alles möglichst harmlos aussieht: plötzliche Herzschwäche oder Sekundenschlaf. Die andere wittert Mord und Totschlag und fordert massiven Polizeieinsatz.«

»Capaul hat doch gesagt, das mit dem Mord war nur Spaß«, sagte Roman, dann wandte er sich ab, um eine Tablette zu schlucken.

»Offizier Gisler meint auch nicht mich«, klärte Capaul ihn auf, »sondern vermutlich Großrat Depeder.«

Gisler schnappte nach Luft. »Capaul, Sie gehen mir so was von auf den Geist. Kennen Sie auch schon den Fallhergang?«

»Nein, das nicht. Aber Herzschwäche und Sekundenschlaf scheiden aus, Caviezel hat noch gebremst. Das steht auch in meinem Bericht. Offenbar war der Reifen geplatzt.«

»Aha, ein geplatzter Reifen.« Gisler blieb gereizt. »Sie wissen ja gar nicht, was das bedeutet. Caviezels Versicherung wird sagen: Ein Haftungsfall, der Reifenhersteller muss zahlen. Die Reifenfirma sagt: Unsere Reifen platzen nicht, nicht auf einer ordentlich gepflegten Straße. Der Kanton soll zahlen. So ein Rechtsstreit dauert ewig, und wer leidet am meisten darunter?«

Capaul nickte. »Die Hinterbliebenen, ich weiß. Aber deshalb können wir doch keine Fakten fälschen!«

Gisler nahm sich mit Mühe zusammen. »Natürlich nicht, die Polizei fälscht keine Fakten! Wir interpretieren: Caviezel erleidet einen Herzinfarkt, der Herzinfarkt löst eine Panikattacke aus. Caviezel macht eine spontane Vollbremsung, in der Folge platzt der Reifen. Der Wagen schert aus, ade. Ein solcher Hergang ist mehr als plausibel.

95

Ganz abgesehen davon, Capaul, sterben bei diesem Wetter die Menschen wie Fliegen, nicht nur hier. Der Wüstenwind setzt den Schwachen zu, Altersheime entleeren sich, Asthmatiker und Leute mit Bluthochdruck kippen auf der Straße um. Die Kinderspitäler sind überfüllt.«

»Mir geht es auch nicht besonders«, wagte Roman zu bemerken.

Gisler überhörte ihn. »Was ich sagen will, Capaul: Das Bundesamt für Gesundheit kommt mit den Untersuchungen nicht nach. Man muss die Dinge auch volkswirtschaftlich sehen.«

Capaul nickte. »Wäre da nicht Großrat Depeder.«

»Ich habe den Namen nie erwähnt.«

Jon Luca fragte: »Was ist mit ihm? Warum Depeder?«

Gisler stand abrupt auf. »Es gibt keinen Fall Depeder. Dafür werde ich persönlich sorgen. Beendet ihr den Fall Caviezel, und zwar heute. Sein Zahnarzt soll die Leiche identifizieren, der Hausarzt wird uns eine plausible Todesursache liefern. Auf die Gefahr hin, mich zu wiederholen, meine Herren: Wir sind hier nicht im Wilden Westen!«

IX

Als Capaul den Polizeiposten in Zernez verließ, sah er, dass Bernhild angerufen hatte, und rief zurück.

»Wollen wir heute Abend die kleine Feier nachholen?«, fragte sie. »Deine erste Woche im Dienst, das ist doch ein Gläschen wert.«

»Gute Idee. Kann ich etwas mitbringen?«

»Auf keinen Fall, der Abend geht auf mich.«

Capaul ging zu seinem Auto, das seit gestern auf einem der Dienstparkplätze in der Tiefgarage parkte, suchte einen Eimer und Wasser und wusch den Staub von den Fenstern, dann fuhr er noch mal in Richtung National-park. Erst hinunter auf den Parkplatz. Das ausgebrannte Auto war leider inzwischen abgeschleppt worden, nur ein einsamer Feuerwehrmann kletterte noch am Hang um-her, um das ausgelaufene Öl zu binden. Capaul wollte hoch zu ihm, doch es war wirklich sehr steil und auch dreckig, die Feuerwehr hatte den Boden getränkt, und der Wüstenstaub hatte sich mit den Lärchennadeln zu einer klebrigen Pampe verbunden.

Deshalb stieg er wieder ins Auto und fuhr nochmals hinauf zur Stelle, an der Robert Caviezel abgehoben hatte. Eine Weile setzte er sich oberhalb der Straße auf einen kleinen Wall, sah auf den spärlichen Verkehr und malte sich den Unfall aus. Nach einigen Minuten stand er auf und untersuchte den Asphalt, der tatsächlich in beklagenswertem Zustand war. Den Spuren nach konnte der geplatzte Reifen keine Folge einer Vollbremsung sein, sondern zuerst war der Reifen geplatzt, dann hatte Caviezel das Bremspedal durchgetreten. Weil der Wagen dabei wegdriftete, hatte er gleichzeitig versucht gegenzusteuern – dummerweise, denn hätte der Wagen sich quer gestellt, wäre er in der Lücke zwischen Leitplanke und Baumstamm hängengeblieben und nicht abgestürzt. Vielleicht hätte Caviezel anders reagiert, wären die Kurve und der Abgrund schon zu sehen gewesen und nicht hinter der Kuppe verborgen.

»Scheiße mit Reis«, murmelte nun auch Capaul und kniete nieder, um eine Kerbe im Asphalt zu untersuchen. Sie war so lang und breit wie ein kleiner Finger und verlief quer zur Fahrtrichtung, konnte daher schlecht vom Unfall herrühren. Trotzdem war sie frisch, jedenfalls war sie auffällig staubfrei. Offensichtlich war etwas Spitzes oder Scharfes in flachem Winkel auf die Straße getroffen und abgeprallt. Capaul legte sich auf die Fahrbahn und versuchte, mit dem Blick die Kerbe zu verlängern. Bergwärts gelangte er so hinauf zum Wall, von dem aus er eben hinabgesehen hatte. Wenn er in Richtung Abgrund blickte, führte die imaginäre Linie zu einem umzäunten Chalet oder besseren Werkschuppen, das nahe der Schlucht stand.

Privat stand auf einem Schild, das Tor war verriegelt. Capaul schaute sich vergeblich nach einer Klingel um, daher suchte er den strammen Max, vielleicht hatte der den Schlüssel. Doch auch Max war fort. Nachdem Capaul zum Chalet zurückgekehrt war, kletterte er über den Zaun und untersuchte die Fassade. Der Einschlag im alten, von der Sonne schwarz gebrannten Holz war nicht zu übersehen. Ein schmaler Riss zog sich hell durch das ganze Brett, an einer Stelle hatten sich Splitter gelöst, und ein deformiertes messingfarbenes Projektil steckte nicht sehr tief im Holz. Capaul hebelte es mithilfe seines Taschenmessers heraus, steckte es in die Brusttasche und machte sich auf den Rückweg nach Zernez.

Unterwegs versuchte er Hermann zu erreichen und war doch etwas überrascht, dass der abnahm, denn es war Samstag und damit wieder Nachjagd.

»Heute jagt hier niemand«, erklärte Hermann. »So ehren wir Duri und seine Familie.«

»Dann darf ich kurz vorbeikommen und dir etwas zeigen?«

»Natürlich, du findest mich in der Garage. Weißt du noch wo, oder haben es die Schnäpse verschleiert? Wir schlagen gerade den Hirsch aus der Decke.«

»Alles klar«, sagte Capaul.

Als er zehn Minuten später hinzutrat, war der Hirsch bereits gehäutet. Er hing an den Hinterbeinen an einer motorisierten Seilwinde, Hermann war dabei, den Brustkorb von oben nach unten aufzusägen. Seine Frau stand nebenan im Bastelraum an der Werkbank, schnitt die großen Stücke weiter zu und vakuumierte sie.

»Ich dachte, so was erledigt der Fleischer«, wunderte sich Capaul.

Hermann schüttelte den Kopf. »Das Zerwirken ist keine Kunst, dafür gibt es Kurse. Natürlich gibt es Finessen, die erarbeitet man sich nach und nach.«

»Was für Finessen?«

»Wie man das Messer um die Knochen herumführt, zum Beispiel. Und was führt dich her?«

Capaul zeigte ihm die Kugel. »Kannst du etwas dazu sagen?«

Hermann wischte die verschmierten Hände flüchtig an der Schürze ab und nahm sie entgegen. »Definitiv kein Jagdgeschoss«, stellte er fest. »In Graubünden sind

10,3 Millimeter vorgeschrieben, die hier ist kleiner, 8 Millimeter, würde ich sagen.« Er holte im Bastelraum eine Schieblehre und maß nach. »Sie ist ziemlich verbeult, 8 Millimeter dürfte aber hinkommen.«

»Wer schießt damit?«

»In anderen Kantonen sind sie noch zur Jagd zugelassen, soviel ich weiß. Bei uns benutzen sie nur noch Waffennostalgiker. Dabei wären 8 Millimeter für die Jagd viel eleganter. Das 10,3-Kaliber ist unter uns gesagt barbarisch. Es reißt so große Löcher, dass es fast nicht mehr darauf ankommt, wo du triffst, irgendeine Arterie reißt immer. Man könnte genauso gut mit Dum-Dum-Geschossen jagen. Die 8-Millimeter-Waffen waren viel stilvoller. Außerdem fliegen die Kugeln weiter. Nur werden heutzutage so viele Banausen zur Jagd zugelassen, dass der Wald voll von angeschossenen Tieren wäre.«

»Kommt bald Nachschub?«, fragte seine Frau grantig. »Sonst gehe ich wieder hoch, ich habe noch anderes zu tun.«

»War das alles?«, fragte Hermann.

»Fast. Bist du Mitglied im Jagdverband?«

»Klar.«

»Ist nicht Oscar Depeder im Vorstand? Hast du zufällig seine Nummer?«

Hermanns Frau zog demonstrativ die Schürze aus und ging ums Haus.

»Nein, habe ich nicht, schau doch im Telefonbuch nach«, sagte Hermann schon leicht gereizt. Seiner Frau rief er nach: »Jetzt hab dich nicht so, Greth, ich war nur höflich!« Dann widmete er sich wieder dem Kadaver.

Capaul fuhr zurück aufs Revier. Roman hielt allein die Stellung, er erledigte gerade Schreibkram.

»Ich bin für den Job nicht mehr fit genug«, bemerkte er, als er Capaul sah.

»Was willst du tun? Dich pensionieren lassen? Bist du dafür nicht noch ein bisschen jung?«

»Leider.« Roman seufzte und beugte sich über die Tastatur, sah aber gleich wieder auf. »Du hast den Gisler ganz schön auf die Palme gebracht. Ich an deiner Stelle hätte mich heute nicht mehr hergewagt.«

»Ich habe immerhin Bereitschaft. Du hast frei, warum bist du überhaupt noch hier?«

»Was willst du? Jemand muss das Telefon hüten. Seit die Meldung von Caviezels Tod raus ist, klingelt es andauernd. Die Medien wittern eine Story, so was wie: ›Baukartell-Löwe richtet sich selbst.‹«

»Dann ist die Leiche identifiziert?«

»Ja, der Zahnarzt erkannte seine Arbeit sofort wieder.«

»Und was ist nun die Todesursache?«

»Gisler hatte den richtigen Riecher, Caviezel hat Betablocker konsumiert. Damit ist der Herzinfarkt auf dem Tablett serviert. Und der Hausarzt hat zumindest nicht widersprochen.« Roman stellte den Computer auf Stand-by und erhob sich ächzend. »Wenn du wirklich übernehmen willst, sage ich danke und verziehe mich. Falls Gisler sich meldet …«

»Sage ich, du bist auf der anderen Leitung, voll im Einsatz, und ich hatte nur vergessen, dir die Autoschlussel für den Kastenwagen dazulassen. Deswegen bin ich kurz hier.«

»Supidupi. Dann bin ich mal weg.«

Capaul fuhr den Computer wieder hoch und las die Pressemitteilung zu Caviezel, dann gab er »Depeder« in die Telefonbuchmaske ein. Der war wirklich ganz normal eingetragen. Capaul wollte gerade seine Nummer wählen, als es klingelte. Er nahm ab, und Depeder war am Apparat.

»Geben Sie mir Gisler.«

Capaul grinste. »Hat er Sie nicht angerufen? Er hatte es vor.«

»Wann soll das gewesen sein?«

»Vor vielleicht drei Stunden.«

Depeder stöhnte. »Schnee von gestern. Jetzt sollte er mich anrufen, das heißt, vor einer halben Stunde. Offenbar hat er seine Hausaufgaben nicht gemacht. Ich verlange, dass die Kripo ins Tal kommt. Gisler hat versprochen, die nötigen Gespräche zu führen und sich wieder zu melden.«

»Sie müssen verstehen, das Tief Igor über Spanien hat Europa in einen Ausnahmezustand versetzt«, erklärte Capaul. »Die Todesraten sind überall enorm gestiegen, die Polizei kommt mit den Untersuchungen nicht nach.«

»Was reden Sie für Blödsinn, Mann? Das Wetter ist doch keine Entschuldigung dafür, dass ein Massenmörder ungestraft umgeht.«

»Massenmörder?« Capaul wurde hellhörig. »Gibt es dafür Indizien, oder haben Sie einen Verdacht?«

Depeder zögerte, dann sagte er ausweichend: »Indizien, Verdacht, das ist doch wohl eure Aufgabe. Zwei gesunde Männer sterben innerhalb von achtundvierzig Stunden, und das in meinem Wahlkreis. Reicht das nicht aus?«

»Drei.«

»Was ›drei‹?«

»Drei sind tot, Tumasch, Duri und Robert Caviezel.«

Kurz herrschte Stille, dann murrte Depeder: »Ja natürlich, umso alarmierender! Und was tut Gisler?«

»Vergessen Sie Gisler. Sein Job ist es zu beschwichtigen, zu vermitteln. Die wahre Polizeiarbeit läuft im Hintergrund.«

Depeder klang schon etwas versöhnter, als er fragte: »Geben Sie mir damit zu verstehen, dass etwas läuft?«

»O ja, auf Hochtouren. Jetzt würde ich aber wirklich gern Ihre Theorie zu diesem Fall hören.«

»Ich sage doch, ich habe keine.«

»Schade«, sagte Capaul, »dafür ich. Wollen Sie sie hören?«

Depeder schwieg.

»Nicht am Telefon natürlich«, fuhr Capaul fort. »Wo kann ich Sie treffen?«

Depeder hängte auf. Er hatte vom Handy aus angerufen. Capaul notierte die Nummer und speicherte sie.

Dann wollte er sich eben auf den Weg zu Meta begeben, um ihr ein paar Fragen zu Tumaschs und Clas Gewehren zu stellen, als es wieder klingelte. Ein Journalist der lokalen Wochenzeitung *Eivna* war am Apparat, Chasper irgendwas.

»Ich sage Ihnen gleich, es gibt keine Story«, erklärte Capaul.

Chasper lachte. »Ich bin wohl nicht der Erste, der anruft.«

»Nein, sind Sie nicht. Und wir sind nicht die Pressestelle.«

»Ich rufe nicht wegen Caviezel an, falls Sie das meinen. Die offizielle Meldung akzeptieren wir und drucken sie auch ab. Doch es geht das Gerücht um, dass Tumasch Stupan nicht tot ist.«

»Ach«, entfuhr es Capaul.

»Das überrascht Sie nicht wirklich, oder?«

»Doch«, gestand Capaul. »Dass es schon ein Gerücht ist, überrascht mich.«

»Sehen Sie, und weil die *Eivna* ungern Gerüchte verbreitet, bitte ich Sie um Fakten. Was ist dran an der Sache?«

»Kein Kommentar.«

»Was unternimmt die Polizei?«

»Kein Kommentar.«

»Und natürlich: Gibt es einen Zusammenhang zwischen den drei Todesfällen?«

»O ja, den gibt es, das Wetter«, rief Capaul. »Tief Igor zerstört nicht nur den Permafrost, was zum Felssturz am Linard Pitschen geführt hat. Es sorgt für Bluthochdruck und Herzrasen, was vermutlich Robert Caviezel zum Verhängnis wurde. Und das ungewohnte Wetter macht die Leute verwirrt, unkonzentriert, gar benommen. Das merken Sie vielleicht an sich selber. Deswegen ist Duri Lechthaler auch dieser dumme Unfall passiert.«

»Sehen Sie? Da hat sich mein Anruf doch gelohnt«, freute sich Chasper. »Jetzt brauche ich nur noch ein Foto von Ihnen.«

»Von mir?«

»Das geht ganz schnell. Dabei stelle ich Ihnen noch ein paar persönliche Fragen. Sie sind doch der Neue, oder? Das Tal möchte natürlich erfahren, wer hier künftig für Recht und Ordnung sorgt.«

»Wir sehen uns weniger als Ordnungshüter«, erklärte Capaul. »Unsere Aufgabe ist es zu beschwichtigen. Zu beschützen.«

»Wunderbar! Treffen wir uns im Bistro Staziun in Lavin, das ist ein schön intimer Rahmen, genau das Richtige. Sagen wir, in einer Viertelstunde?«

»Meinetwegen.« Capaul leitete die einkommenden Anrufe auf sein Handy um, warf noch einen Blick in den Spiegel und machte sich auf den Weg.

Das Bistro Staziun war der Wartesaal des winzigen Bahnhofs von Lavin, eines Häusleins aus der Gründerzeit der Rhätischen Bahn mit steilem Giebeldach und Bogenfenstern mit Sprossen. Das Lokal fasste drei kleine Tische. Capaul hatte seinen Chrysler direkt beim Bahnhof geparkt und steuerte die Theke an, doch Chasper kam ihm entgegen, ein Mittfünfziger mit zerknautschtem Gesicht und schütterem Haar, und lotste ihn zum hintersten Tisch. Darauf hatte er bereits einen Latte macchiato für Capaul, eine Zeitung – die *Eivna* – und ein Schälchen roten Sand drapiert.

»Damit die Leser intuitiv den Zusammenhang erfassen«, erklärte er, während er Capaul in der Ecke platzierte und sofort die Bilder schoss. Dann setzte er sich zu ihm, bestellte ein Glas Veltliner und fragte nach Capauls Werdegang, seinen Romanischkenntnissen und seinem Zivilstand. »Noch zu haben«, freute er sich, »das wird den Leserinnen gefallen!«

Das Interview schien beendet, und Capaul fragte: »Darf ich nun auch etwas fragen?«

»Natürlich, nur zu.«

»Wer hat das Gerücht gestreut, dass Tumasch lebt?«

Chasper lächelte bedauernd. »Tut mir leid, dazu kann ich nichts sagen. Wir Journalisten sind, was früher die Pfarrer waren, uns vertraut man alles an. Das verpflichtet. Ohne richterliche Verfügung gebe ich nichts preis.«

»Verstehe. Darf ich fragen, ob es konkrete Hinweise auf sein Überleben gibt?«

Chasper überlegte, dann sagte er knapp: »Nichts Zwingendes.«

»Nichts Zwingendes, aber gut genug für eine Story?«

»O nein, diese Art Zeitung sind wir nicht. Wir wollen immer noch informieren. Wir verstehen uns als konstruktive Kraft.«

»Gut, das verbindet uns. Sie wissen sicher, was Meta Stupan die letzten sieben Jahre durchgemacht hat?«

Chasper nickte. »Und immer noch durchmacht.«

»Ja. Man kann ihr nur wünschen, dass kein Gerede entsteht, das die Anerkennung von Tumaschs Tod hinauszögert. Mit all den rechtlichen und finanziellen Konsequenzen, die es für Meta bedeuten würde.«

»Soll ich das dahingehend verstehen«, fragte Chasper zurück, »dass Sie es für ausgeschlossen halten, dass Tumasch überlebt hat?«

Capaul hob nachdenklich den Blick und betrachtete die Deckentäfelung.

»Ist die Frage so schwer zu beantworten?«, fragte Chasper.

Capaul nickte. »Ich fürchte. Vor ein paar Tagen hätte ich noch geantwortet: ›Solange wir keine Leiche haben, müssen wir davon ausgehen, dass er lebt.‹«

»Das ist nur logisch, oder?«

»Ja. Doch seit ich hier im Dienst bin, begreife ich immer mehr, dass die Logik nicht alles regieren darf. Die Logik, die Analyse, der Rechenschluss.«

»Was regiert dann?«

Capaul lachte hilflos. »Ja, was? Ich weiß es nicht. Das Mitgefühl? Die Menschlichkeit? Jetzt klinge ich wie ein Pfarrer. Ich kann Ihnen nur sagen, dass ich gerade Erfahrungen mache, die alles in mir umwerten. Sie müssen wissen, ich wurde ganz anders erzogen. Meine Mutter sah die Welt als feindliches Territorium. Sie und ich, das war ihr Universum, sie die Sonne, ich der kleine Trabant. In einem leeren, ja tödlichen All. Dass das nicht stimmt, musste ich erst lernen. Dass unser Lebensraum durchaus freundlich ist. Dass es Menschen gibt, die sich umeinander kümmern, die wohlwollend sind. Was ist das Wort dafür? Gemeinschaft?«

»Oder Kultur«, schlug Chasper vor.

Capaul zuckte mit den Schultern. »Zurück zu Meta: Alle lieben sie.«

»Sagen wir, viele.«

»Egal, die Leute wünschen ihr nur das Beste. Das stimmt doch?«

Chasper nickte.

»Ich habe Meta vorgestern in der Kirche getroffen. Sie hat mich begrüßt und gesagt: ›Sar Massimo, uns verbindet etwas. Wir sind beide Anfänger.‹ Meta als Witwe, ich als Polizist. So habe ich es damals verstanden. Aber vermutlich hat sie etwas ganz anderes gemeint.«

Chasper beugte sich gespannt vor. »Und das wäre?«

Capaul zögerte. »Ich will nicht, dass darüber etwas in der Zeitung erscheint.«

»Versprochen.«

Er dachte noch eine Weile nach, dann sagte er: »Wenn man die Dinge von ganz Nahem betrachtet, verlieren sie ihre ursprüngliche Bedeutung. Sie werden größer, je näher man kommt. Größer im Sinn, dass sie alles sprengen, alle Maßstäbe, alle Urteile. Irgendwann gibt es kein Richtig oder Falsch mehr, kein Gut und Böse, nur noch das Ding an sich.«

»Und dieses Ding an sich kann nicht böse sein?«

Capaul nickte nachdenklich. »Vor diesem Schluss schrecke ich auch zurück. Aber ja, das Ding an sich ist größer. Jedes Ding – jedes Vögelchen, jedes Weinglas, jedes Staubkorn – bekommt, wenn ich mich ihm ganz widme, eine Ausschließlichkeit und eine Wucht, die jeden Maßstab sprengt.«

»Puh«, sagte Chasper und bedeutete dem Kellner, ihm noch ein Glas zu bringen. »Nietzsche ist an solchen Überlegungen durchgedreht, wissen Sie das? Wann hatten Sie diese Erkenntnis?«

Capaul schüttelte den Kopf. »Das kann ich Ihnen nicht sagen.«

»Sie wissen es nicht, oder Sie wollen nicht?«

»Ich darf nicht.«

»Weil sonst was?«

»Weil ich sonst meinen Job verliere.«

X

Es war kurz nach vier Uhr, als Capaul den Volg in Lavin erreichte. Der Laden hatte schon geschlossen, doch als er an die Scheibe klopfte und sich mit sorgenvoller Miene den Bauch hielt, hatte die junge Verkäuferin Erbarmen und schloss wieder auf.

»Ich habe heute noch nichts Richtiges gegessen«, erklärte er.

Sie zog ein preisreduziertes Sandwich aus ihrer Umhängetasche. »Schenke ich Ihnen.«

»Nein, das ist doch Ihres.«

»Ich bin nicht scharf drauf, ich will nur nicht, dass etwas verkommt.«

»Dann bezahle ich aber.«

»Geht nicht, ich habe es bereits abgeschrieben. Sonst stimmt die Buchhaltung nicht mehr. Abgesehen davon habe ich keine Lust, die Kasse nochmals hochzufahren.«

»Dann danke ich schön«, sagte er und folgte ihr aus dem Laden.

Sie blickte hoch, über der Val Lavinuoz hing noch immer eine dicke graue Wolke. »Wissen Sie, was das Schöne an diesem Wetter ist? Normalerweise halte ich es im November zu Hause kaum aus. Die Tage sind plötzlich so kurz, und dann die Kälte. Morgens einfeuern, abends einfeuern. Im Dezember habe ich mich daran gewöhnt, aber der November ist die Härte. Das fällt dieses Jahr weg, zu Hause ist es herrlich gemütlich. Ich habe mir eine kleine Klimaanlage gekauft, die den Staub aus der Luft saugt. Ich zünde mir eine Kerze an, lege Amy Winehouse auf ... So könnte ich alt werden.«

»Macht Ihnen die Zukunft keine Angst?«, fragte er. »Es heißt, das hier sei erst der Anfang.«

Sie zuckte mit den Schultern. »Amy wurde auch nicht alt«, stellte sie fest und skandierte:

»Ava was the morning, now she's gone
She's reborn like Sarah Vaughan
In the sanctuary she has found
Birds surround her sweet sound
And Ava flies in paradise«

Dann zeigte sie zum Unterdorf hinab. »Ich muss da lang, und Sie?«

»Bin noch im Dienst«, antwortete er und deutete vage auf die graue Wolke.

Nachdem sie gegangen war, setzte er sich auf dem Kinderspielplatz an einen Tisch und verschlang das Sandwich, dann nahm er den Weg in Richtung Val Lavinuoz. Allerdings kam er nur bis zu Metas Haus. Sie saß, an die Hauswand gelehnt, auf einem alten, vom Regen grau gewaschenen Bänkchen. Auch sie blickte hoch zur Val Lavinuoz.

Als sie ihn kommen sah, klopfte sie unkompliziert neben sich auf die Bank, gleich darauf richtete sie die Augen wieder berg- oder himmelwärts. Weder sie noch er grüßten, Capaul setzte sich nur stumm neben sie, folgte ihrem Blick und fühlte, wie er allmählich ruhig wurde.

Er hatte jedes Zeitgefühl verloren, als Meta feststellte: »Ich habe irgendwo gelesen, dass wir mit jedem Atemzug sechs Moleküle von Goethes Körper aufnehmen.«

»Ja, das habe ich auch gelesen. Allerdings nicht von

Goethes Körper, sondern allein von seinem letzten Atemzug.«

»Es quai be pussibel?«, sagte sie verwundert, während sie weiterhin versunken in die graue Wolke sah, und wieder eine ganze Weile später: »So ein Felssturz – hunderttausend Kubikmeter oder wie viele es auch immer waren – hat einen enormen Druck, oder? Der pulverisiert einen Menschen. Da bleibt nichts übrig, abgesehen von den Molekülen in der Luft.«

»Gut möglich.«

Danach saßen sie wieder schweigend nebeneinander und sahen zu, wie die Nacht hereinbrach. Es herrschte wohl Leermond, zumindest erlosch der Tag sehr gleichmäßig, das Licht wurde erst ziegelfarben, dann fahlbraun. Zuletzt erlosch es ganz, der Himmel wurde schwarz wie geronnenes Blut und verschmolz mit dem Berg.

»Verrückt, dass man im November noch hinterm Haus sitzen kann wie im Sommer«, bemerkte sie und lachte leise. »Weißt du, was ich heute gesehen habe? Drei Touristinnen, die im Dorfbrunnen baden. Im Bikini, als wäre August. Bestimmt Gäste im Piz Linard.«

»Verrückt«, bestätigte er, dann streckte er den Arm aus und wies in die Dunkelheit. »Was ist das am Hang eigentlich für ein Schimmer? Ist das Guarda?«

»Nein, Guarda sind die paar Lichter weiter rechts. Ich sehe keinen Schimmer. Aber jetzt friere ich doch. Komm, wir gehen rein.«

Sie sagte es ganz selbstverständlich. Capaul folgte ihr in die Küche, dort begann sie zu kochen. Er setzte sich an den Tisch und sah ihr zu. Sie setzte Bouillon auf, dann raffelte sie Randen.

»Der Stabmixer ist kaputt«, erklärte sie dazu, dann schwieg sie wieder. Beim Raffeln rutschte ihr eine Haarsträhne ins Gesicht, die sie mehrmals mit dem Handgelenk zurückzustreichen versuchte, weil sie mit den randenverschmierten Fingern nicht ins Haar fassen wollte.

Schließlich sagte sie lachend: »Jetzt hilf doch endlich«, Capaul stand auf und strich ihr die Strähne hinters Ohr. Danach blieb er neben ihr stehen, an den Spültrog gelehnt, um notfalls wieder einzugreifen.

Sie warf ihm einen vergnügten Blick zu. Gleichzeitig sagte er: »Wir müssen reden.«

Das Leuchten in ihrem Gesicht erlosch. »Nein«, bat sie, »nein, Massimo. Reden heißt Zerreden.«

»Über die Waffen«, erklärte er, »über Tumaschs und Clas Gewehre.«

»Ach so.«

Sie schob die geraffelten Randen in die Bouillon und deckte zwei Suppenteller. Dann schnitt sie einen Kanten Brot in Hälften und füllte zwei Gläser mit Wasser. Dazu musste sie Capaul beiseiteschieben.

»Was musst du wissen?«, fragte sie endlich, setzte sich auf einen der Hocker und sah ihn abwartend an.

»Hast du eine Ahnung, wo sie sind?«

Meta schüttelte den Kopf.

»Oder was für ein Kaliber sie hatten?«

Sie überlegte. »Tumasch hat Cla zum Geburtstag sein eigenes Gewehr geschenkt, das Gewehr, mit dem er groß geworden war. Ein altes, schweres Ding, er nannte es seinen dreieiigen Drilling, trimblin triplöv. Ich glaube, weil es drei Läufe hatte, und jeder Lauf hatte ein anderes Kaliber. Tumasch hat sich selber ein hochmodernes Gewehr gekauft. Frag mich nicht nach der Marke, so eines eben, wie sie damals Mode waren. Da verdiente er noch. Können wir jetzt essen?«

»Etwas noch. War er wieder da?«

Sie schüttelte den Kopf.

»Oder hast du das Mofa wieder gehört?«

Diesmal nickte sie. »Gestern, schon am frühen Abend. Es fuhr talauswärts.« Sie wies in Richtung Scuol.

»Auf der Kantonsstraße, oder eher bergwärts?«, fragte er.

Meta sah ihn an, als lese sie in seinen Augen. »Da war kein Schimmer«, erklärte sie. Es klang mehr wie ein Befehl. Dann stand sie auf und schöpfte die Suppe.

Beim Essen schwiegen sie wieder, erst bedrückt, doch allmählich kehrte die Ruhe zurück. Obwohl Capaul keinen Hunger hatte, nahm er einen Nachschlag.

Meta stellte die Teller zusammen. »Möchtest du noch einen Kaffee? Der dauert allerdings, ich habe nur eine Bialetti, und die kleine Herdplatte will nicht recht.«

»Nicht nötig«, sagte er. »Vor allem sollte ich schon längst wieder auf dem Revier sein.« Er stand auch auf, aber er ging dann doch nicht, sondern setzte sich auf die Tischkante und sah zu, wie sie die restliche Suppe in eine kleinere Schüssel leerte. Jeder ihrer Handgriffe schien ihm von einer Schlichtheit und Natürlichkeit, wie er sie nur von Tieren kannte.

»Mal abgesehen von den Umständen, Massimo«, sagte sie, während sie sich an den Abwasch machte: »Weißt du, wie alt ich bin?«

»Sechsundvierzig.«

»Eben.« Sie drückte ihm das Geschirrtuch in die Hand. »Und ein Mann braucht Kinder, um erwachsen zu werden.«

Capaul trocknete die Teller ab und stellte sie auf den Tisch. »Gutes Thema«, stellte er fest. »Warum hattet ihr zwei nicht nochmals Kinder, nachdem Cla gestorben war? Oder du mit jemand anderem? Du warst doch noch jung.«

Sie legte die Abwaschbürste weg und sah ihn verwundert an. »Das habe ich dir doch erzählt: Weil ich Tumasch liebe! Und weil er mich brauchte. Man muss seine Wege bis ans Ende gehen.«

»Und jetzt?«

»Du quälst mich, Massimo. Du weißt, dass es darauf keine Antwort gibt. Oder dass wir sie nicht kennen.«

»Ich meinte nicht, ob der Weg zu Ende ist. Ich meinte: Falls er zu Ende ist, wärst du dann bereit für noch ein Kind?«

Sie lachte halb verärgert. »Du hörst mir wirklich nicht zu! Ein Kind mit sechsundvierzig? Du bist ein schöner Witzbold!«

Sie nahm ihm das Geschirrtuch weg, trocknete das restliche Geschirr ab und versorgte es, dann schob sie Capaul aus der Tür.

»Geh schon, deine Arbeit wartet. Übrigens, meine Mutter hat mich gewarnt: ›Keine Abenteurer und keine Polizisten, hörst du? Wir wollen keine junge Witwe in der Familie.‹«

»Na ja«, sagte er, bevor er ging, »wir leben ja nicht im Wilden Westen.«

Als Capaul in Zernez das Revier betrat, streckte ihm ein sichtlich genervter Roman wortlos ein Handy entgegen.

»Oh, ich hatte es gar nicht vermisst«, stellte Capaul fest und steckte es ein.

»Danke fürs Einspringen«, sagte Roman sarkastisch.

»Ich war in wichtiger Mission unterwegs«, verteidigte sich Capaul. »Ich habe verhindert, dass die Wochenzeitung *Eivna* aus den Todesfällen eine Sensationsgeschichte macht.«

»Verlorene Liebesmüh, die Sensation ist programmiert, und zwar von höchster Stelle. Wir gehen inzwischen davon aus, dass Tumasch lebt und eventuell Amok läuft. Die Indizienlage ist dünn, aber die Staatsanwaltschaft verlangt es so. Alle drei Männer sind auswärts gestorben, alle waren noch nicht alt. Da genügt der leiseste Zweifel an der Todesursache – oder an der nicht unwesentlichen Frage, ob überhaupt gestorben wurde –, und eine Untersuchung ist gesetzlich vorgeschrieben.«

»Hat Depeder Druck gemacht?«

»Vermutlich. Der Staatsanwalt hat sich in jener Baukartellsache nicht mit Ruhm bekleckert, das hat Depeder wohl ausgenützt.«

»Und was sind die Indizien?«

»Man will nachts Tumaschs Mofa gehört haben. Und es scheint, dass jemand wild campiert. Das allein wäre ein Ausrücken wert. Es herrscht hohe Waldbrandgefahr.«

»Soll ich nachsehen?«

»Und erschossen werden? Nein. Wir bilden ein Sturmkommando. Die Kollegen aus dem Münstertal und aus Silvaplana verstärken uns. Das volle Programm mit Tränengas, Kampfmontur und Scharfschützen.«

Capaul lachte. »Das ist nicht dein Ernst.«

»Und ob.«

»Und wie groß ist die Chance, dass Tumasch dabei umkommt?«

»Das hängt ganz von seinem Verhalten ab. Wir können nichts riskieren.«

»Schon klar. Aber Meta verliert dann ihre Rente, oder?«

Roman sah ihn befremdet an. »Ich glaube nicht, dass das jetzt noch relevant ist.«

»Oh, für sie schon.«

»Im besten Fall machen wir einen Amokläufer unschädlich.«

»Und im schlechtesten?«

»Ja, was?«

Capaul musste lachen. Alles schien so surreal. Er hatte keine Ahnung mehr, was richtig und was falsch war. Ob er wünschen sollte, dass Tumasch lebte. Ob er wünschen sollte, dass Tumasch getötet hatte. Damit es einen Grund gab, ihn zu töten.

»Wann geht es los?«, fragte er. »Ich habe noch keine Sturmausrüstung.«

»Du bist auch nicht im Aufgebot.«

»Du machst Witze!«

Roman schüttelte den Kopf. »Gisler will nur die erfahrensten Leute.«

»Und wie komme ich zu meinen Erfahrungen?«

Roman sah ihn nur schief an. »Schlaf dich aus.«

»Also startet es morgen früh.«

»Von mir erfährst du nichts. Keine Zeit, keinen Ort.«

»Den Ort kenne ich bereits.« Capaul trat vor die Landkarte, die die halbe Wand bedeckte. Ein Sträßlein führte von Lavin nach Guarda, das über eine Gedenkstätte führte, Ruinas da Gonda. »Hier«, behauptete er und legte den Finger drauf.

Roman wurde nervös. »Ich sage gar nichts«, wiederholte er. »Und dass dir nicht einfällt, uns in die Quere zu kommen.«

»Auf die Idee kam ich noch gar nicht«, sagte Capaul kokett.

»Ich meine es ernst. So ein Kreuzfeuer ist selbst mit bester Ausrüstung gefährlich. Und du wärst nicht der erste Novize, der ins Kreuzfeuer rennt.«

Capaul dachte an Meta und nickte. »Schön, ich halte mich fern. Aber versprich mir, dass du mich auf dem Laufenden hältst.«

»Tue ich. Und jetzt hau ab, ich muss noch den Einsatzplan verschicken. Fast hätte ich es vergessen: Deine Wirtin hat angerufen.«

»Bernhild? Was wollte sie?«

»Dass du sie kreuzweise am A leckst.«

Als Capaul im Auto vor der Abfahrt das Handy checkte, sah er, dass sie dreimal angerufen hatte, das letzte Mal um neun. Inzwischen war es zehn nach zehn. Gegen elf erreichte er Samedan. Den Wassermann betrat er auf Zehenspitzen. Nichts deutete auf eine vermasselte Party hin: Die Gaststube war geputzt wie immer, die Stühle hochgestellt, die Lichter gelöscht. Er ging zu den Zimmern, Bernhilds Tür war einen Spalt offen. Sie saß vor dem Fernseher und nähte. Die Ständerlampe beschien ihr schütteres toupiertes Haar und ließ die Kopfhaut glänzen. Er brachte es nicht über sich, an ihr vorbeizuschleichen.

»Klopf, klopf«, sagte er.

»Ja?« Sie sah nicht auf.

»Es tut mir leid, ich war dienstlich unterwegs. Und blöderweise hatte ich das Handy verlegt.«

»Habe ich schon gehört.« Sie widmete sich weiter ihrer Flickarbeit.

»Was hätte es denn gegeben? Zu essen, meine ich.«

»Hirsch.«

»Schon wieder?«

»Diesmal das Filet. Aber keine Sorge, alles weg.«

»Da hattest du aber Hunger. Oder war Peter da?« Er hatte Peter, Bernhilds losen Freund, tatsächlich schon länger nicht mehr gesehen.

»Das geht dich nichts an.«

»Stimmt. Morgen darf ich übrigens ausschlafen. Ach ja: Was weißt du über Gonda?«

Sie seufzte und senkte das Nähzeug. »Gonda ist eine verlassene Siedlung aus dem 12. Jahrhundert oberhalb von Lavin«, spulte sie mechanisch ab. »Der Name bedeutet Stein- oder Geröllhalde. Warum das Dorf verlassen wurde, ist nicht bekannt. Neben der Ruine einer Kirche sind Mauerreste von weiteren neun Gebäuden erhalten. Die zum Teil stark überwachsenen Ruinen stehen in von Strauch- und Baumgruppen durchsetztem Wiesland. In den Wänden einiger Häuser sind noch Fenster- und Türöffnungen zu erkennen.« Sie nahm das Nähzeug wieder auf.

»Danke. Warst du schon mal da?«

»Falls das eine Einladung sein soll, Massimo, ich bin morgen vergeben.«

»Nein, ich bin nur neugierig, wie es dort aussieht.«

»Dann gute Nacht.«

»Ja.« Er schloss die Tür.

»Nur damit du es weißt«, rief sie ihm nach, »Peter war es nicht.«

Capaul öffnete die Tür nochmals. »Was war Peter nicht?«

»Es war nicht Peter, der mit mir gegessen hat.«

»Ach so. Es ist dir doch recht, wenn ich die Tür zumache? Sonst höre ich in meinem Zimmer den Fernseher.«

»Ja, es ist mir sogar sehr recht.«

XI

Capaul schlief tief und traumlos, bis kurz nach sieben das Telefon klingelte. Er dachte erst, jemand habe den Anruf versehentlich ausgelöst, denn er hörte nur diffuse Geräusche, und niemand antwortete auf sein Hallo. Dann erkannte er Gislers Stimme: »Ruhe! Staatsanwalt Conrad, bitte.«

»Als Erstes danke für euren beherzten Einsatz«, sagte eine zweite, unbekannte Stimme, die vermutlich dem Staatsanwalt gehörte. »Obwohl ich das Geschehen nur aus der Distanz beobachten konnte, war ich doch schwer beeindruckt von eurer Konzentration und Professionalität. Auch das Zusammenspiel der verschiedenen Einheiten klappte, soweit ich es beurteilen kann, hervorragend. Es ist zweifellos eurer Besonnenheit und Erfahrung zu verdanken, dass niemand ernsthaft verletzt wurde. Man kann geteilter Meinung darüber sein, ob der Einsatz in dieser Größenordnung gerechtfertigt war. Doch im Nachhinein ist es immer leicht zu sagen: ›Hätten wir doch … Wären wir doch …‹ Werten wir die Aktion positiv! Die vermeintlichen Indizien dafür, dass Tumasch Stupan lebt, konnten wir entkräften. Zudem haben wir vier Personen ohne gültige Aufenthaltsgenehmigung für die Schweiz dingfest gemacht. Die Verhafteten werden heute noch verhört, der Übersetzer ist unterwegs. Nach dem Verhör werden wir sie nach Chur verlegen, dort haben wir größere Zellen, und die Familie muss nicht länger getrennt werden. Ihre Verletzungen sind zum Glück geringfügiger Natur, einige Prellungen und leichte Verätzungen der Schleimhäute. Wie geht es dem Kollegen, der in den Arm gebissen wurde?«

»Nicht der Rede wert«, sagte vermutlich Jon Luca. »Mit zwei Stichen genäht. Aber der Junge hat ganz schön scharfe Beißerchen.«

»Dann danke ich euch allen nochmals sehr. Ach ja, Kaffee und Gipfeli gehen auf mich.«

Dünner Applaus.

»Und etwas noch: Offiziell war das Ziel unseres Einsatzes von Anfang an, die illegalen Einwanderer aufzugreifen. Insofern war er ein voller Erfolg. Die entsprechende Medienmitteilung ging vor zehn Minuten raus. Abgesehen davon gilt Stillschweigen, aber das versteht sich von selbst.«

Danach meldete sich nochmals Gisler. »Danke, Herr Staatsanwalt, danke, Männer. Bevor wir zum Courant normal zurückkehren, genießt die Einladung. Ich persönlich bin froh, dass der Spuk vorbei ist. Nun muss ich mich verabschieden, es wartet ein großer Papierkrieg auf mich.«

Es raschelte, Capaul hörte Stühlerücken und Schritte, dann wurde eine Tür verriegelt. »Hast du alles mitbekommen?« Das war Roman.

Capaul fragte: »Meinst du mich?«

»Logisch. Aufs Klo gehe ich immer noch allein.«

»Tumasch habt ihr also nicht gefunden?«

»Nein.«

»Sondern Flüchtlinge. Habe ich recht gehört?«

»Ja, eine eritreische Familie.«

»Und das Mofa?«

»Das war da.«

»In ihrem Besitz?«

»Sieht so aus, sie werden noch verhört. Mutter und

Tochter sitzen bei uns, Vater und Sohn in Samedan. Jetzt muss ich aber zurück zu den anderen.«

Capaul hörte die Klospülung rauschen, dann war die Leitung tot.

Noch im Bett liegend, rief er Jon Luca an. Der war bereits auf der Rückfahrt nach Samedan, jedenfalls hörte Capaul Motorenlärm. »Wie geht es deinem Arm?«, erkundigte er sich als Erstes.

Jon Luca lachte. »Du bist ja gut unterrichtet!«

»Ich muss, ich bin für die Betreuung der Hinterbliebenen zuständig«, behauptete Capaul. »Du kannst dir vorstellen, was Tumaschs Witwe durchmacht. Sie hat das Mofa nämlich auch gehört. Hast du eine Ahnung, wie die Eritreer dazu gekommen sind?«

»Ich habe den Vater gefragt. Er hat immer nur geschrien: ›Get, get!‹ Er hatte wohl Angst, dass wir glauben, er habe jemanden dafür umgelegt. Aber all das bleibt unter uns, ja? Gisler hat uns eine Informationssperre aufgebrummt. Bekannt ist nur, dass wir die Eritreer aufgegriffen haben.«

»Keine Sorge, ich will nur Meta beruhigen. Sie wird wissen wollen, wie sie ans Mofa gelangt sind. Beim Felssturz stand es nämlich noch bei der Alphütte.«

»Es ist sehr gut möglich, dass die Eritreer auf der Alp d'Immez gewesen sind, oder zumindest der Vater. Er hat sich allerlei einfallen lassen, um seine Familie durchzufüttern. Wir haben Schnaps und Würfelzucker und jede Menge Chips gefunden, die hat er ziemlich sicher in der Alphütte abgezweigt. Und natürlich melde ich mich, falls die Befragung der Familie mehr ergibt.«

Gut gelaunt stellte Capaul sich unter die Dusche, dann ging er hinunter in die Wirtsstube, um zu frühstücken. Der Stammtisch war bereits besetzt. Capaul wurde von

Bernhild bedient wie ein x-beliebiger Gast, danach setzte sie sich mit an den Stammtisch und nahm demonstrativ lebhaft an einer Witzelei über das kommende Weihnachtsgeschäft teil, wenn statt einer weißen eine rote Weihnacht ins Haus stünde. Capaul war wohl der Einzige, der die Kurznachricht im Radio mitbekam, dass im Unterengadin vier mutmaßlich illegal aus dem Tirol eingereiste Eritreer gefasst worden waren.

Erst auf den Sonderbericht zur Wetterlage hin wurde es auch am Stammtisch still.

»Tief Igor verharrt über der iberischen Halbinsel und bestimmt weiterhin das Wetter in Europa. Der Flugverkehr wird stärker eingeschränkt. Verkehrsminister mehrerer europäischer Länder treffen sich in Brüssel zur Lagebesprechung. Die Zahl der Hospitalisierungen wächst, für sie existiert bereits ein eigener Begriff: Igorgeschädigte. Verschiedene Krankenhäuser haben Überbelegung gemeldet. Die Vorsitzende des deutschen Krankenkassenverbandes, Annemarie Meier Gell, fordert, baldestmöglich die Krankenkassen zu entlasten und prinzipiell die Opfer internationaler Klimakatastrophen über eine noch zu schaffende internationale Klimasteuer abzugelten.«

Offenbar hatte jemand am Stammtisch doch mitgehört, denn als Capaul sich erhob, um zurück auf sein Zimmer zu gehen, witzelte er: »Die Eritreer hat wohl auch dieser Igor aus der Sahara hergeweht.«

Jon Lucas Anruf unterbrach Capauls Zähneputzen. »Kurzes Update in Sachen Mofa: Der Eritreer will es geschenkt bekommen haben.«

»Von wem?«

»Einem Weißen. Genauer konnte er ihn nicht beschreiben. Vielleicht hat er immer noch Angst.«

»Konnte er sagen, wo genau er es geschenkt bekommen hat?«

»Nein. Auf der Straße. Er ist nicht besonders gesprächig.«

»Aber hältst du ihn für glaubwürdig?«

»Was das Mofa angeht? Keine Ahnung, ist ja auch egal. Er oder ein anderer hat es mitlaufen lassen. Wäre ich auf der Alp d'Immez unterwegs, und ringsum donnern Steine nieder, würde ich mir auch das erstbeste Vehikel schnappen und abhauen. Und im Unterschied zu ihm habe ich nicht mal Kinder, die zu Hause warten.«

»›Zu Hause‹ ist gut«, bemerkte Capaul. »Sag mir noch, ob ihr die Batterie für einen Viehzaun gefunden habt.«

»Nein, nicht, dass ich wüsste.«

Nachdem sie aufgehängt hatten, legte Capaul sich wieder aufs Bett, betrachtete gedankenverloren das Dachfenster, das inzwischen vom Staub fast undurchsichtig war, und sortierte, was er wusste.

Danach rief er Depeder an.

Er war nicht davon ausgegangen, dass Depeder abnehmen würde, und hatte sich einen Text für den Anrufbeantworter zurechtgelegt. Doch schon mit dem ersten Klingeln nahm Depeder ab: »Ja?«

»Capaul von der Kantonspolizei Zernez, wir haben gestern schon telefoniert. Sie und ich, wir haben dasselbe Problem, wir glauben als Einzige nicht an Tumasch Stupans Tod. Obwohl wir ihn uns wünschen würden.«

»Ich verstehe nicht«, gestand Depeder. »Ich denke, Polizei und Staatsanwaltschaft sind sich einig, dass er tot ist.«

»Tot und ergo kein Amokläufer«, bestätigte Capaul. »Das ist die offizielle Lesart, mit der ich persönlich nicht viel anfangen kann. Ich bin mir sicher, Ihr Leben ist in

Gefahr, Herr Depeder, und möchte Ihnen helfen. Dazu müssen wir uns aber treffen, das Telefon ist nicht sicher.«

»Was haben Sie davon, mir zu helfen?«

Capaul erklärte: »Das braucht Sie nicht zu interessieren.«

Kurz dachte Depeder nach, dann fragte er: »Wo treffen wir uns?«

»Wo sind Sie jetzt?«

»Das werde ich Ihnen nicht sagen. Aber ich kann in einer halben Stunde in St. Moritz sein. Parkhaus Serletta.«

»Das mit der ellenlangen Rolltreppe?«

»Ja, das.«

»Gut gewählt«, sagte Capaul und hängte auf.

Als er zwei Minuten zu spät am Treffpunkt ankam, wartete Depeder bereits am Fuß der Rolltreppe. Er trat nervös von einem Bein aufs andere und war viel zarter, als Capaul ihn sich vorgestellt hatte: ein hochaufgeschossener Mann mit knabenhaft schmalen Schultern, gescheiteltem Haar und Nickelbrille. Er war braun gebrannt, trug Anzughose, elegante Lederschuhe, ein frisch gebügeltes weißes Hemd mit offenem Kragenknopf und hochgekrempelten Ärmeln, dazu am rechten Handgelenk einen nicht protzigen, doch auffälligen Chronographen Marke IWC. Auf seinem Gesicht schimmerten feine Schweißtröpfchen.

»Sie haben sich ja ganz schön Zeit gelassen«, stellte er fest und betrat die unterste der drei Rolltreppen, die durch einen hell erleuchteten Schacht von gut hundert Metern Länge die Seestraße von St. Moritz mit dem Dorfkern verbanden. Capaul folgte ihm.

»Also, was wissen Sie?«, begann Depeder.

»Nein, erst reden Sie. Wie ist Cla Stupan gestorben?«

»Ich habe keine Ahnung«, erklärte Depeder abweisend.

Capaul blieb geduldig. »Dann frage ich anders: Was ist in jener Nacht passiert? Wo waren Sie? Haben Sie Tumasch und seinen Sohn gesehen? Welche Rolle haben Duri Lechthaler und Robert Caviezel gespielt?«

Depeder schüttelte den Kopf. »Ich habe zur ganzen Sache nichts zu sagen, außer dass es ein Unfall war, der uns alle erschüttert hat.«

»Ja, sicher, ein Unfall«, grinste Capaul, »wie auch bei Duri Lechthaler und Robert Caviezel.« Sie hatten den ersten Zwischenboden erreicht, Capaul scherte aus und fuhr wieder hinunter.

»Warten Sie«, bat Depeder und eilte ihm nach. »Es geht jetzt nicht um damals. Es geht um mich.«

»Also doch?« Capaul zog die Brauen hoch. »Warum behaupten Sie dann Gisler gegenüber, dass Tumasch wahllos tötet? Warum geben Sie nicht zu, dass er gezielt Sie jagt? Den Dritten im Bund.«

Inzwischen tropfte der Schweiß von Depeders Gesicht, sein Hemd klebte am Körper. »Wir vertun unsere Zeit. Das Einzige, was jetzt zählt, ist: Wo ist Tumasch? Und wie können wir ihn unschädlich machen?«

»Bedaure, darauf habe ich leider keine Antwort«, sagte Capaul.

Depeder sah ihn völlig verwirrt an. »Warum sind Sie dann hier?«, bellte er. »Ich dachte, Sie wollten mir ein Geschäft vorschlagen.«

Capaul konnte sich ein Lachen nicht verkneifen. »Wäre ich so geschäftstüchtig, dann wäre ich nicht bei der Polizei gelandet. Nein, ich will kein Geld, ich will Ihnen helfen.«

»Aber wie, zum Teufel? Sie haben ja nicht das Geringste in der Hand! Stattdessen quetschen Sie mich wegen einer Sache aus, die längst verjährt ist!«

Sie waren unten angekommen und nahmen wieder die Rolltreppe, die nach oben fuhr. »Verjähren tun nur Straftaten«, stellte Capaul fest. »Und es stimmt, ich habe mehr im Kopf als in der Hand. Doch immerhin bin ich der Einzige, der Ihnen glaubt, dass Tumasch lebt und Ihnen an den Kragen will.«

»Ich habe Kinder«, stieß Depeder zwischen zusammengepressten Zähnen hervor. Er rang um Fassung.

»Stimmt, das hat Tumasch Ihnen voraus, er hat keine mehr.«

»Lassen Sie die Witze.«

»Entschuldigung. Hat er Sie kontaktiert?«

Depeder zögerte kurz, dann nickte er.

»Will er Sie treffen?«

Er nickte wieder.

»Wo?«

»In der Val Lavinuoz.«

»Die ist acht Kilometer lang. Wo genau?«

Sie kreuzten eine Gruppe japanischer Touristen auf der anderen Rolltreppe und schwiegen solange, dann berichtete Depeder: »Er hat gesagt, er sieht mich dann schon.«

»Und was haben Sie geantwortet?«

Depeder schrie fast. »Ganz bestimmt nicht, dass ich vorbeikomme. Genauso gut könnte ich mich selbst erschießen.«

»Haben Sie ihm Geld angeboten?«

Depeder schwieg.

Er schwieg, bis sie das obere Ende der Rolltreppen erreicht hatten.

»So kommen wir nicht weiter«, stellte Capaul fest. »Wenn Sie schon mit mir nicht reden wollen, mit wem dann?« Er wechselte die Rolltreppe und fuhr allein wieder hinab.

Abermals eilte Depeder ihm nach. »Wie viel?«, fragte er, nachdem er ihn erreicht hatte.

»Wie viel was?«

»Wie viel wollen Sie, um das Problem zu lösen?«

»Kommt drauf an, welches Problem Sie meinen. Tumasch oder Cla?«

Depeder schien am Ende seiner Kräfte. »Sie können mich nicht zwingen, mich selbst zu belasten«, stellte er tonlos fest.

Damit brachte er Capaul wieder zum Lachen. »Das müssen Sie aus einem Krimi haben. Doch, natürlich, ich kann Sie zu allem Möglichen zwingen. Ohne mich sind Sie so gut wie tot. Tumasch hat nichts mehr zu verlieren.«

»Dann sagen Sie endlich: Was wollen Sie?«

»Ich werde darüber nachdenken«, versprach Capaul. Auf dem nächsten Zwischenboden verließ er die Rolltreppe. Während Depeder allein weiterfuhr, widmete er sich einer Fotoausstellung in Leuchtkästen, die den Schacht in seiner ganzen Länge schmückte. Sie behandelte die Jagd in Graubünden. Besonders faszinierend fand Capaul die Abbildung eines alten Stichs, auf dem ein schmächtiger Mann einen mindestens doppelt so großen Bären erlegte, indem er von einem Felsvorsprung aus mit einem riesigen Stein auf ihn einschlug. So, wie er sich vorbeugte, musste er dabei zweifellos abstürzen. Aber der Bär war erlegt, und der Gesichtsausdruck des Mannes zeigte auch nur Entschlossenheit und keinerlei Furcht. *David Grischun* stand darunter.

Capaul betrachtete das Bild, als Depeder ihn anrief, dem Hall nach war er immer noch in der Tiefgarage. »Ich wollte noch sagen, dass ich verschwinde.«

»Mit Ihren Kindern oder ohne?«

Depeder antwortete nicht.

»Verstecken Sie sich, das ist vernünftig«, erklärte Capaul. »Aber entfernen Sie sich nicht zu weit. Falls ich Sie brauchen sollte, möchte ich Sie nicht erst zur Fahndung ausschreiben.«

Depeder entfuhr ein Laut, der mehr war als nur ein Stöhnen, eine Art unterdrückter Schrei. »Ist das eine Drohung? Sie haben nichts gegen mich in der Hand. Und wozu sollten Sie mich brauchen?«

»Weiß nicht, für eine Gegenüberstellung etwa.«

»Ich will keine Gegenüberstellung, ich will ihn tot sehen!«

»Das habe ich schon begriffen«, versicherte Capaul. »Trotzdem, bleiben Sie in der Gegend.«

Depeder hängte auf.

Capaul sah sich noch ein paar Bilder an, dann fuhr er zurück nach Samedan.

Der Stammtisch hatte sich aufgelöst, Bernhild stand in der Küche. Er fragte: »Hättest du nicht einen Helm für mich?«

»Was, schnorrt die Polizei ihre Ausrüstung jetzt schon bei Zivilisten?«

»Ich bin nicht im Dienst, ich will nur wandern. Bei dem Wetter ist man besser vorsichtig.«

»Meinen Fahrradhelm kannst du haben«, murrte sie. »Aber verstell mir nicht die Riemen.«

Capaul wechselte die Schuhe, holte im Fahrradkeller Bernhilds einstmals wohl himbeerfarbenen Helm und fuhr mit dem Chrysler weiter nach Lavin. Dort parkte er beim Bahnhof und nahm die Straße hinauf zur Val Lavinuoz. Es war fast windstill. Er genoss es, einmal keinen Sand zwischen den Zähnen oder auf den Lippen zu fühlen, und pfiff vor sich hin, Rachmaninow – oder etwas, das er dafür hielt.

XII

Diesmal fiel ihm der Marsch viel leichter. Die Gegend hatte klangvolle Namen, die entlang des Wegrands auf kleinen gelben Schildern notiert waren: Uschlaingias, Chasalitsch, Bischgogn, Chamadüras. Dann kam auch schon der Lavinuozer Wald, God Lavinuoz.

Capaul blieb immer schön auf der bewaldeten Seite, damit ihn kein herabfallender Stein traf. Nachdem er die Alp Dadoura passiert hatte, begann er zu rufen. »Tumasch, hörst du mich? Ich bin Massimo, ein Freund. Ich bin nicht hier, um dich zu holen, ich will nur Meta helfen. Noch ist alles im grünen Bereich, alle denken, du bist tot, und Meta kann sich auf eine schöne Rente freuen, immerhin.«

Nichts regte sich. Nur über der Alp d'Immez kollerte ab und zu ein Stein zu Tal, und gelegentlich pfiff ein Murmeltier. Einmal raschelte es am Hang über ihm, doch als er stehen blieb und lauschte, hörte er nichts mehr.

»Tumasch«, rief er zur Flanke des Linard Pitschen hinüber, die Hände als Trichter vor den Mund gelegt, und suchte mit Blicken den nackten Felshang ab. »Hier ist Massimo. Ich bin Polizist, aber ich bin nicht hier, um dich zu verhaften, sondern um zu helfen. Ich weiß, dass du ein guter Kerl bist.«

Wieder hörte er es rascheln, dieses Mal direkt über ihm im Unterholz, und für ein paar Sekunden glaubte er im Augenwinkel ein Hosenbein zu sehen. »Tumasch.« Er kletterte zwischen Lärchen, Vogelbeerbäumen und verdorrten Disteln die Böschung hinauf. »Lass uns reden.«

Als er die Stelle, an der das Hosenbein hervorgeblitzt hatte, fast erreicht hatte, löste sich wie aus dem Nichts eine kleine Felslawine, zehn, zwölf kopfgroße Steine rollten und sprangen über den Waldboden auf ihn zu. Capaul bückte sich weg, trotzdem traf ihn einer der Steine an der Schulter. Ein scharfer Schmerz durchfuhr seinen Körper, und ihm wurde schwarz vor Augen.

Als er wieder zu sich kam, befand er sich in einer lächerlichen Position, die er nur allmählich begriff. Mit gefesselten Armen und Beinen wurde er ruckweise über den Waldboden geschleift, wie ein Baumstamm, Füße voran. Immer wieder schoss ihm ein betäubender Schmerz durch die rechte Schulter, vermutlich war das Schlüsselbein gebrochen. Bernhilds Fahrradhelm war ihm in den Nacken gerutscht, die Kante verfing sich andauernd in Wurzeln oder Steinen, dann strangulierte ihn der Riemen fast, bis der Zug zu stark war, der Helm über das Hindernis schnellte und er hart mit der Wange oder dem Gesicht aufschlug. Die Hosenbeine waren hochgerutscht, ebenso Jacke und Leibchen, die nackte Haut scheuerte auf dem Waldboden, Lärchennadeln waren überall in die Kleidung gekrochen und zwickten. Manchmal war plötzlich Ruhe, er lag da wie vergessen und hoffte, es wäre vorbei. Doch dann zerrte Tumasch ihn weiter. Mit der Zeit begriff Capaul, dass er jeweils die Seilwinde neu verankert hatte, bevor er ihn wieder eine Seillänge höher zog.

Er schien eine ganze Weile ohnmächtig gewesen zu sein, denn der Alpboden lag nun tief unter ihnen. Die Lavinuoz schlängelte sich als dünner Faden hindurch, und ein Schwarm Bergdohlen suchte vergeblich einen Landeplatz, dann flog er davon, der Chamanna Marangun zu. Als sie sich der Waldgrenze näherten, wurde das Terrain immer steiler, zuletzt hing er fast nur noch am Seil.

Capaul versuchte mit Tumasch zu reden. »Hält das Seil auch?«, wollte er fragen. Aber ihm gelang nur ein dumpfes Krächzen. Gelegentlich konnte er einen Blick auf Tumasch werfen, wie er an der Seilwinde arbeitete, ein gemütlicher Mensch von kompakter Statur, der vor Anstrengung schwitzte und sich mit dem Ärmel immer wieder das staubverklebte Gesicht rieb.

Endlich hatte Tumasch ihn auf einen schmalen, dünn überwachsenen Felsgrat gehievt, hinter dem sich eine kleine Höhle auftat, vielleicht auch nur eine überhängende Stelle. Auf dem Fels wuchs eine Lärche, an der die Seilwinde hing. Tumasch packte Capaul und zerrte ihn erst an den Beinen, dann an den Armen – wobei Capaul sich vor Schmerz fast übergab – von der Kante weg, die den Felsabsatz vom Abgrund trennte. Zuletzt zog er ihm den Helm ab und setzte sich neben ihn.

»Sie sind also Polizist? Ist Dummheit bei denen eine Anstellungsbedingung?«

»Jemand muss doch mit Ihnen reden. Und Depeder hat mir gesagt, dass Sie hier sind.«

»Oscar Depeder? Der Großrat? Woher weiß er das?«

Capaul wunderte sich. »Sie haben ihn herbestellt.«

Tumasch stutzte, dann lachte er spröde. »Behauptet er das? Dann hat er Sie reingelegt. Im Zweiten Weltkrieg hat man Sträflinge auf die Felder geschickt, um Minen aufzuspüren. Heute schickt man also Polizisten.«

»Für jemanden, der angeblich sieben Jahre lang nicht reden wollte, sind Sie ganz schön geschwätzig«, bemerkte Capaul verärgert, dann bat er: »Ich habe ein gebrochenes Schlüsselbein, würde es Ihnen etwas ausmachen, mir die

Hände loszubinden? Es tut vielleicht weniger weh, wenn ich den Arm vor die Brust nehme.«

Tumasch rührte sich nicht. »Wozu? Sie sterben sowieso. Ich will nur vorher begreifen, wie jemand so hirnlos sein kann, freiwillig in ein Tal zu spazieren, in dem akuter Steinschlag herrscht und ein Mörder umgeht.«

»Ich weiß es selber nicht genau«, gestand Capaul, während er versuchte, sich in eine etwas bequemere Lage zu drehen. »Ihr Fall ist ungeheuer spannend, außerdem mag ich Meta sehr gern. Ich konnte einfach nicht widerstehen. Ich bin überzeugt, ich kann Ihnen helfen.«

Tumasch schnaubte durch die Nase. »Da gibt es nichts zu helfen. Ich habe es verbockt, mehr als verbockt. Cacca giò totalmaing. Ich wollte einfach nur verschwinden, verschwinden unter dem Berg, an dem mein Sohn gestorben ist. Aber dem da oben – oder wer immer die Fäden zieht – war sogar das noch zu romantisch. Und dann ist leider wieder mein Jagdtrieb erwacht.«

Capaul wartete, dass er fortfuhr, doch vergeblich. »Ich begreife nicht ganz, wovon Sie reden, Tumasch. Aber glauben Sie mir, noch ist gar nichts verbockt. Noch denken alle, dass Sie tot sind. Aber wenn ich nicht zurückkehre, wird man mich suchen.«

»Ja, und?«

»Man wird Sie erschießen.«

Tumasch zuckte mit den Schultern. »Das ist alles, worauf ich noch hoffe.«

»Aber denken Sie überhaupt nicht an Meta?«

»Natürlich denke ich an Meta. Nur wegen Meta bin ich hier. Sonst hätte ich mir schon längst eine Kugel in den Kopf gejagt.«

»Ich glaube, ich verstehe nur Bahnhof«, gestand Capaul.

»Was soll's«, murrte Tumasch. »Mit Ihrem Auftauchen

haben Sie alles noch schlimmer gemacht. Ich habe auf Depeder gewartet, früher oder später wäre er hergekommen, um mich zu suchen. Er hätte es nicht ausgehalten, darauf zu warten, dass ich ihn erlege. Er weiß, worum es geht, er weiß, was er verdient hat. Stattdessen sind nun Sie hier, ein völlig Unbeteiligter. Dazu noch ein Dummkopf. Lasse ich Sie laufen, schlagen Sie Alarm, man wird mich finden und daran hindern, Depeder zu töten. Bringe ich Sie um, dito. Sie ruinieren mir die letzte kleine Genugtuung eines verschissenen Lebens.«

Er sagte das ohne besondere Regung. Auch der Tritt, den er dabei Capauls Schulter verpasste, war nur ein besserer Schubs. Dennoch war der Schmerz so stark, dass Capaul wieder in Ohnmacht fiel.

Als er das nächste Mal erwachte, war Tumasch dabei, Capauls billiges Nokia-Handy zu durchsuchen.

»Sie haben sogar Depeders Handynummer«, sagte er, als er sah, dass Capaul wach war. »Sie zwei müssen ja gute Freunde sein.« Er übertrug sie in sein eigenes Handy und bemerkte: »Kann die Polizei sich eigentlich keine Smartphones leisten? Mit diesem Ding haben Sie doch nicht mal Zugriff auf die Cloud!«

»Was ist die Cloud?«, erkundigte sich Capaul. Der Mund war ihm so trocken, dass er kaum sprechen konnte. »Bestimmt haben wir so was, das ist nur mein privates Handy.«

Tumasch flößte ihm aus einer zerknautschten PET-Flasche Wasser ein. »Die Cloud ist eine Art allmächtiger Speicher, irgendwo da draußen im Äther. Sie brauchen keine Festplatte mehr. Was Sie dort speichern, können Sie von jedem x-beliebigen Gerät aus abrufen, und sie können nen die Inhalte teilen, mit wem immer Sie wollen. Für die Polizei bestimmt sehr praktisch.«

»Donnerwetter«, sagte Capaul. »Haben Sie Zugriff auf diese Cloud? Zeigen Sie mir das?«

Tumasch grinste. »Damit man mich orten kann? Ich gehe nur nachts kurz ins Netz, um den Wetterbericht und die Polizeimeldungen zu lesen. Die übrige Zeit ist das Handy ausgestellt.«

»Mir fällt gerade ein, dass die Val Lavinuoz in einem Funkloch liegt.«

»Ja, das stimmt. Aber da vorn an der Krete habe ich Empfang.«

»Und wenn der Akku leer ist?«

Tumasch stand auf und zeigte ihm die Zaunbatterie, Marke Ranger. »Als Jäger weiß man sich zu helfen. Wobei das hier schon höhere Schule ist. Wenn Sie ihr Handy nämlich einfach nur an die Kontakte anschließen, passiert das.« Er steckte zwei dünne Kabel in die Ladebuchse an Capauls Handy, kurz darauf begann es zu qualmen, dann gab es einen kleinen Knall, fast nur einen Knacks. Tumasch schob das Handy in Capauls Jackentasche zurück, Capaul fühlte die Hitze. »Hier, das ortet niemand mehr. Kleiner Rat am Rande: Man kann sein Handy mit einem Passwort schützen. Nicht gegen zu hohe Spannung, aber gegen Spione.«

»Sollte ich überleben, merke ich es mir«, versicherte Capaul. »Wie geht es denn jetzt weiter?«

Tumasch wurde fast vergnügt. »Sie werden es nicht glauben, aber während Sie weggetreten waren, kam ich auf die Lösung. Sie erschlagen mich, schaffen mich runter zum Schuttkegel und buddeln mich ein.«

»Oh.«

»Was? Haben Sie Angst, dass Sie ein Stein trifft? Mich hat anderthalb Jahre lang keiner getroffen. Sie können mich auch erschießen, aber dann müssen Sie mich so vergraben, dass mich keiner findet, sonst fliegt alles auf. Erschlagen wäre mir lieber.«

»Der Steinschlag wäre meine kleinste Sorge«, erklärte Capaul, aber Tumasch redete schon weiter.

»Und was Depeder angeht, so übergebe ich Ihnen mein Handy. Sie rufen ab und zu damit bei ihm an. Sie brauchen nichts zu sagen, Klingeln genügt. Früher oder später bringt ihn das um den Verstand, was fast noch besser ist, als ihn umzulegen.« Er gab Capaul noch einen Schluck zu trinken. »Und? Was sagen Sie dazu?«

»Mein Schlüsselbein«, erinnerte Capaul. »Ich kann nur einen Arm bewegen.«

»Stimmt, aber dann machen wir es eben so: Wir gehen zusammen zur Alp d'Immez, und ich hebe das Loch aus. Die Steine schichten wir schön sauber neben dem Loch auf, darin bin ich Meister. Nachdem Sie mich getötet haben, geben Sie der Mauer einen Schub, und die Steine decken das Loch. Das schaffen Sie mit links.« Er grinste.

Capaul musste tief durchatmen, gleich explodierte der Schmerz. »Das eigentliche Problem ist«, ächzte er, als die Sterne vor seinem inneren Auge verblassten, »dass ich mir nicht zutraue, Sie zu töten.«

»Betrachten Sie mich als ein Stück Wild.«

»Ich könnte auch kein Reh töten, ich bin kein Jäger.«

»Und so was darf Polizist werden?«, staunte Tumasch. »Wenn Sie mich nicht töten, Sar Massimo, dann töte ich Sie.«

»Schon klar, nur hilft es nichts.«

Tumasch erhob sich stöhnend, um sein Gewehr zu holen, entsicherte es und legte ihm den Lauf an die Schläfe.

Capaul schwitzte. »Solange ich gefesselt bin, kann ich Sie sowieso nicht erschlagen«, bemerkte er, um irgendetwas zu sagen.

Es war unklar, ob Tumasch ihn gehört hatte. Er hielt noch einige Sekunden das Gewehr auf ihn gerichtet, dann ließ er es sinken. »Merda.«

»Ist das der legendäre dreieiige Drilling?«, erkundigte sich Capaul.

Tumasch antwortete nicht.

Eine Weile starrten beide Männer trübe vor sich hin, dann legte Tumasch das Gewehr weg und half Capaul, sich immerhin aufzusetzen. Er schnitt mit dem Jagdmesser eine Rande in Stücke und fütterte ihn, ein paar Stücke aß er auch selbst.

Der Staub überm Tal war so dicht, dass man den Sonnenstand nicht sah. Doch Capaul schien es, als setze bereits die Abenddämmerung ein.

»Wie geht es Meta?«, fragte Tumasch nach längerem Schweigen.

»Gut. Sie ist froh, dass es vorbei ist.«

Tumasch nickte. »Ich wäre auch froh, wäre es vorbei. Nur deshalb habe ich anderthalb Jahre wie ein Idiot da unten Steine geschichtet. Steinmännchen, Steinmauern, Steinhügel. Zum Kotzen.«

»Was meinen Sie mit ›deshalb‹?«

»Damit mich eben endlich einer dieser verdammten Steine erschlägt.« Dann fragte er unvermittelt: »Mag sie Sie?«

»Meta? Mich? Ich glaube. Wir hatten eine sehr schöne erste Begegnung in der Kirche, unter diesem sonderbaren dreigesichtigen Jesus, oder wer immer es ist.«

»Meta war in der Kirche?«, wunderte sich Tumasch.

»Eigentlich auf dem Friedhof, in der Kirche hat sie nur Schutz vor dem Staub gesucht. Sie hat Ihr Foto auf Clas Grab gelegt.«

»Ja, das habe ich gesehen.« Ehe Capaul nachfragen konnte, wechselte Tumasch wieder das Thema. »Machen Sie sich wegen Meta keine Hoffnungen, Sar Massimo. In ihrer Familie gilt die Regel: ›Keine Vagabunden und keine Polizisten.‹«

»Ja, das hat sie mir erzählt.«

»Ihr redet schon über solche Dinge?«

»Na ja, höchstens zum Scherz.«

»Scherzt sie schon wieder?«

»Ja. Sie weint aber auch.«

»Das haben Sie ebenfalls mitbekommen?«

»Sar Tumasch, ich bin Polizist, und ich bin für Ihren Fall zuständig. War.«

»Warum ›war‹?«

»Ich war zuständig. Sie wollen mich ja töten.«

»Ach so. Nehmen Sie es nicht persönlich. Es ging mir immer nur um Meta. Ich bin ihr Fluch, ich bin …«

»So redet sie aber nicht von Ihnen«, unterbrach Capaul. »Sie liebt Sie, ganz ungebrochen. Ihre Augen leuchten, wenn sie von Ihnen redet. So was kann man nicht spielen.«

»Ja, ich weiß.« Tumasch sprach fast tonlos. »Ich habe ihren Sohn getötet. Nein, nicht getötet, aber auch nicht gerettet. Ich habe ihn nicht beschützen können, als es darauf ankam. Und trotzdem liebt sie mich. Sie ist schön, sie war jung, ich hätte sie verlassen sollen oder wegjagen. Doch sie blieb bei mir, unerträglich gut, unerträglich geduldig.«

»Warum sind nicht Sie gegangen?«

Tumasch sah ihn lange mit leeren Augen an, dann sagte er: »Weil Meta es nicht verstanden hätte. Ich habe ihr den Sohn genommen, ich konnte ihr nicht auch noch den Mann nehmen. Jedenfalls nicht, wenn ich woanders weiterlebte. Sie wäre mir gefolgt, egal wohin. Jedes Mal, wenn ich sie aufgefordert habe: ›Geh, zieh zu deiner Schwester oder such dir einen anderen Mann …‹«

Capaul fragte dazwischen: »Das haben Sie zu ihr gesagt?«

Tumasch zögerte. »Nein, ich glaube nicht, immer nur in meinen Gedanken. Nein, ich bin vor ihrer Liebe immer verstummt. Ich habe sie gehasst, diese Liebe. Ich hatte sie nicht verdient.«

»Kann man sich Liebe verdienen?«

Wieder musterte ihn Tumasch, dann lächelte er bitter: »Womöglich sind Sie zwei vom gleichen Schlag.«

Er stand auf und holte noch eine Rande. Inzwischen war es fast Nacht. Capaul sah zu, wie er sie schälte.

»Warum haben Sie sich nicht umgebracht?«

»Wegen der Versicherung. Ich habe gehört, dass die Frau dann keine Rente bekommt.«

»Weniger, soviel ich weiß«, sagte Capaul. »War das der einzige Grund?«

»Nein«, sagte Tumasch sofort. »Das war überhaupt nicht der Grund. Das war meine Ausrede. Eine andere war, dass ich es Meta nicht antun kann. Nicht das auch noch.«

»Und was ist die Wahrheit?«

Tumasch begann zu essen. Diesmal gab er Capaul nichts ab. »Dass ich zu feige bin. Ich habe es versucht, aber …« Nach zwei Stücken hatte er genug und steckte die Rande in die Jackentasche. »Deswegen kam ich auf die Idee mit dem Steinschlag. In Bondo war der Bergsturz, der acht Leute verschüttet hatte. Als ich das im Fernsehen sah, dachte ich: ›Merda, wieso war ich nicht da?‹ Wie die Angehörigen betreut wurden, und die Spendensammlung, Millionen innerhalb von Tagen … Das war phantastisch, genau das, was ich mir für Meta gewünscht hätte. Erst hatte ich vor hinzufahren und bei der Suche der Leichen zu helfen, damit ich vielleicht auch noch verschüttet wurde. Dann fiel mir der Linard Pitschen ein, der schon lange bröckelte. Seit Jahren heißt es: ›Irgendwann donnert dort eine gewaltige Felslawine nieder.‹ Also habe ich unter der Abbruchwand gewartet. Gewartet und Steine geschleppt. Mit Cla geredet.«

»Dem toten Cla?«

»Ja, Vater und Sohn. Ich habe mir eingebildet, dass er es ist, der die Steine runterwirft, dass er sie mir zuwirft. Er ist ja dort oben gestorben, nicht genau an der Stelle, aber fast. Seine Seele ist da oben. Ich habe mir eingeredet, dass wir gemeinsam dieses Projekt haben, Steine zu ordnen. Den Berg aufzuräumen.«

»Und als dann der Felssturz wirklich passiert ist …«

»Ja, der Berg kam ausgerechnet, als ich rüber in den God Lavinuoz bin, um einen Kegel abzusetzen.«

»Was für einen Kegel?«

»Ich spreche vom Toilettengang.«

»Benutzen Sie nicht das Plumpsklo der Alphütte?«

»Nein, dazu bin ich zu sehr Jäger geblieben. Gestuhlt wird in der freien Natur. Geschlafen auch, wann immer es geht.«

In den letzten Minuten war es Nacht geworden. Capaul konnte von Tumasch nur noch die Umrisse erahnen.

»Die Felslawine kam also genau dann, als Sie hier drüben auf Toilette waren? Gab es vorher keine Anzeichen?«

»Nein, gab es nicht. Und nein, ich war nicht auf Toilette, sondern erst auf dem Weg dazu. Plötzlich stürzt in meinem Rücken der Berg ein, der Boden unter meinen Füßen bebt, als wollte er aufbrechen. Ich habe mir vor Angst in die Hose gemacht.«

»Wörtlich? Brauchten Sie deshalb neue Unterhosen?«

»Das hätte Meta auch für sich behalten können.«

»Sie war nicht sicher, ob Sie der Einbrecher waren.«

Tumasch schwieg.

»Oder war sie? Haben Sie sie etwa besucht?«

»Unsinn, ich will ja, dass sie mich vergisst. Ich will, dass sie neu anfängt.«

»Das hat sie schon. Als ich sie kennengelernt habe, hat sie fast als Erstes gesagt: ›Etwas verbindet uns, Massimo. Wir sind beide Anfänger.‹ Es war ein romanisches Wort.«

»Principiant.«

»Nein, ich weiß wieder: Noviz.«

»Das hat sie gesagt? Und geduzt hat sie Sie?«

»Ja, in Lavin duzen sich alle.«

»Die Einheimischen vielleicht, nicht die Fremden. Und Sie duzen meine Frau etwa auch?«

»Ja, warum nicht?«

»Warum nicht? Weil es keinen Anstand hat«, stellte Tumasch klar. »Wir wurden anders erzogen.« Und nach einer Weile murmelte er: »Verrückt, dass einem solche Dinge nie egal werden.«

XIII

Die Nacht war wie ein morastiger uferloser Tümpel. Capaul verlor jedes Gefühl dafür, wie spät es war, wie kalt, er fror und schwitzte zugleich. Die Nacht war nicht schwarz, und doch gab es kein Licht, nur undurchdringliches Tiefgrau ohne Konturen. Tumasch hatte sich ins Innere der Höhle zurückgezogen, manchmal hörte Capaul das Rascheln seiner Kleider. Er versuchte zu schlafen, doch sobald er zusammensackte, schoss der Schmerz durch seinen Körper, und er war wieder hellwach.

Gern hätte er gewusst, ob Tumasch schlief. Ob jemand in seiner Lage noch Schlaf fand. Und irgendwann sagte er aufs Geratewohl: »Den Felssturz am Linard Pitschen hatten Sie also verpasst. Was war dann?«

Tumasch richtete sich ächzend auf. »Was soll schon groß gewesen sein? Ich wusste, wenn ich verschollen bleibe, hat Meta ausgesorgt, Ziel erreicht. Nur wie stelle ich das an? Auch wenn ich mich überwinde, mir eine Kugel in den Körper zu jagen, durfte meine Leiche nicht gefunden werden. Dann fiel mir die Foura Baldirun bei Susch ein, kennen Sie sie?«

»Nein.«

»Da ist der Waldboden ganz moosig und sonderbar zerklüftet von Höhlen und Schluchten. In den flacheren haben wir als Kinder Verstecken gespielt. Einige sind aber so tief, dass man einen Stein hinunterwerfen kann, und man hort ihn nie ankommen. Wer da reinfällt, ist für die Welt verloren. Aber in so ein unergründliches Loch zu springen, braucht noch mehr Mut als die Kugel. Womöglich bleibst du irgendwo hängen, und das Krepieren zieht sich endlos. Dann habe ich mir gesagt: ›Als Erstes hol mal dein Gewehr, Tumasch, der Rest ergibt sich schon.‹«

»Wo war es denn?«

»Im Vallun Tiatscha, dort, wo Cla getroffen wurde. Ich wusste nicht, wohin mit den Gewehren, als ich ihn mir auf den Rücken gepackt habe, und schob sie in eine kleine Höhle. Nach Clas Tod war ich nie wieder dort gewesen, trotzdem …«

»Doch«, unterbrach Capaul, »es gab eine Begehung mit dem Staatsanwalt und der Polizei.«

»Und da war ich dabei?«

»Ja.«

»Sonderbar, ich habe nicht die leiseste Erinnerung daran. Jedenfalls habe ich die Gewehre wiedergefunden. Mein eigenes war völlig durchgerostet, aber Clas Drilling, der in einer Lederhülle steckte, war fast makellos, die Läufe hatten nur ein bisschen Flugrost angesetzt. Nach sieben Jahren! Und es war magisch: Ich brauchte ihn nur in den Händen zu halten und kurz in Anschlag zu nehmen, gleich war der Jagdinstinkt zurück. Wenn ich mich vom Acker mache, sagte ich mir, wieso um Himmels willen sollen die anderen leben? Ich bin es doch nicht, der Cla auf dem Gewissen hat.«

Endlich, dachte Capaul. »Wer dann?«, bohrte er, »wer hat ihn auf dem Gewissen? Was ist damals passiert?«

Doch Tumasch überhörte ihn. »Sieben Jahre lang hatte ich nicht mehr gejagt«, fuhr er fort. »Trotzdem war von einem Augenblick zum anderen alles wieder da, das Fieber, die Wachheit. Mit Duri fing ich an, ich wusste, wo er jeweils jagt, und ich wusste, dass er keine Nachjagd auslässt.«

»Allerdings war er nicht allein unterwegs.«

»Das spielte keine Rolle. Mit den Gewehren hatte ich auch Clas Munitionsgürtel versteckt, den ich als Jugendlicher noch selbst genäht hatte, mit Munition für alle drei Kaliber. Ich wusste, mit dem 8-Millimeter-Lauf treffe ich Duri auf zweihundert Meter. Außerdem wusste ich, dass er sich früher oder später von den anderen absetzt. Duri ist wie ein Mädchen, er muss andauernd auf Toilette.«

»Musste.«

»Ja. Und weil er gern im Overall jagt, ist das ein längeres Prozedere. Darauf habe ich gewartet, dann habe ich ihn gestellt.«

»Und erschossen.«

»Vorher wollte ich natürlich hören, wer damals den Schuss abgegeben hatte. Leider kam es nicht zu einem richtigen Gespräch, Duri war mordserschrocken, ich war für ihn ja wie ein Geist, ein Auferstandener. Er hat die Flinte hochgerissen und geschrien: ›Svanescha, svanescha! Uschigliö sajetta.‹ Hau ab, hau ab! Sonst drücke ich ab. ›Mach nur‹, sage ich, ›du tust mir damit einen Gefallen.‹ Aber Duri hat es dann nicht gewagt. Ich hatte alle Zeit, den Schrotlauf zu laden und abzudrücken.«

»Das heißt, Sie haben gar nicht nach damals gefragt?«

»Das ging in der Hektik unter. Offenbar war ich auch nervös.«

»Und nachdem Sie Duri erschossen hatten, haben Sie sein Gewehr mit Schrot geladen und in die Luft geschossen.«

»In den Waldboden.«

»Und ihm die Schuhe ausgezogen.«

»Nein, die hatte er schon aus. Er wollte ja aufs Klo, dazu musste er den Overall ausziehen.«

Capaul schlotterte. Er hätte nicht sagen können, ob vor

Kälte oder Aufregung. »Als Nächster war Robert Caviezel dran.«

»Ich wusste, dass er fremdgeht. Das ganze Tal weiß das, bestimmt auch seine Frau, aber ihr ist es egal. Er war immer auf Effekt aus, ein Showman, dahinter nichts als laue Luft. Es heißt, er hat Betablocker gefressen, um bei wichtigen Besprechungen cool zu bleiben. So einer ist doch ein armes Schwein.«

Capaul wurde ungeduldig. »Sie sind mit dem Mofa auf den Ofenpass gefahren und haben sich die Stelle ausgesucht, von wo aus Sie schießen würden.«

»Nein, ich wusste gleich, wo ich ihn abfange. Früher, wenn ich mit dem Auto über den Ofenpass musste – ich habe ja dort Straßen gebaut –, bin ich selber an der Stelle immer fast zu spät vom Gas. Jedes Mal dachte ich: ›Verflixt, dass das hier nicht besser signalisiert ist!‹ Weiter oben kommen noch ein paar schöne Stellen, aber die liegen alle im Nationalpark. Und im Nationalpark ist Jagdverbot.«

Capaul musste lachen, gleich durchfuhr ihn wieder jener gleißende Schmerz. Nachdem er sich erholt hatte, vergewisserte er sich: »Wollen Sie damit sagen, Sar Tumasch, dass Sie Caviezel im Nationalpark nicht getötet hätten?«

»Nein, natürlich nicht. Das wäre vollkommen unsportlich.«

»Gestorben ist er übrigens doch im Nationalpark, glaube ich. Das Auto flog über die Grenze.«

»Ja, das war witzig«, sagte Tumasch trocken. »Ich hatte eher damit gerechnet, dass er in die Leitplanke schlägt und ich den Fangschuss ansetzen muss.«

»Witzig?«

Tumasch zögerte. »Das hat mit Cla zu tun.«

Danach schwieg er, und Capaul wagte nicht nachzuhaken. Dafür fragte er: »Der erste Schuss ging übrigens daneben, richtig?«

»Ja, die 8 Millimeter kamen zu tief. Dafür saß das große Kaliber.«

»Warum Kugeln und kein Schrot? Trifft man damit einen fahrenden Reifen nicht viel leichter?«

»Doch, aber wusste ich, dass der Wagen ausbrennen wird? Und selbst dann sieht man vermutlich noch die Beulen im Chassis. Es musste ja wie ein Unfall aussehen. Außerdem hatte Cla nur zwei Schrotpatronen im Gürtel.« Er klang plötzlich ungeduldig.

»Sagen Sie noch eben«, bat Capaul, »wie war das mit dem Mofa? Hat man es Ihnen gestohlen, oder stimmt es, dass Sie es verschenkt haben?«

»Diesem Afrikaner, das stimmt schon. Es ist ja frisiert und entsprechend laut, es wären bald Zweifel an meinem Tod aufgekommen, wenn man es hört. Andererseits konnte ich schlecht zu Fuß nach Ova Spin gehen, ich habe es mit der Hüfte. Nachdem ich Caviezel erlegt hatte, ließ ich es bis Zernez mit ausgestelltem Motor rollen, aber bis Lavin kommt man so natürlich nicht, also musste ich es schleunigst loswerden. Ich hatte schon gesehen, dass in Gonda ein paar Leute campieren, und wollte es dort eigentlich nur abstellen. Aber der eine wurde wach, er schoss hoch wie von der Tarantel gestochen. Der dachte im Ernst, ich will ihn umringen: ›No kill, no kill‹, hat er gejammert. Man hört ja Schreckliches, wie diese Schlepper Flüchtlinge kaltmachen, sie mitten in der Wüste einfach vom Laster schubsen etwa. Der Krieg macht die Menschen zu Barbaren.« Weil Capaul nicht gleich reagierte, schob er nach: »Sind Sie noch wach, Sar Massimo?«

»Ja natürlich. Ich habe nur Mühe, das alles zu verdauen.«

»Verstehe ich, ein ganz schöner Brocken. Mir tut es

gut, zum Abschluss doch noch darüber zu reden. Ich hatte viel zu lange keinen, mit dem ich mich austauschen konnte.«

Capaul musste lachen. »Ein Austausch ist es ja nicht gerade.«

»Wie würden Sie es nennen?«

»Eine Beichte vielleicht?«

»Beichte? Ich habe nichts zu beichten«, sagte Tumasch scharf.

»›Austausch‹ ist auch gut«, versicherte Capaul. »Was meinten Sie mit ›zum Abschluss‹?«

»Was soll ich schon meinen? Ich habe übrigens nochmals nachgedacht, es hilft alles nichts: Ich muss Sie umlegen.«

»Außer ich lege Sie um.«

»Genau, und das wollen Sie ja nicht.«

»Wollen würde ich schon«, stellte Capaul klar, »ich schaffe es nur nicht. Aber abgesehen davon begreife ich noch immer nicht, warum ich sterben muss. Wäre ich nicht aufgetaucht, hätten Sie doch haargenau dasselbe Problem wie zu Anfang: dass Sie sich umbringen müssen und dazu nicht in der Lage sind. Mich zu töten, bringt Ihnen gar nichts.«

»Sie können einem ganz schön auf die Nerven gehen«, stellte Tumasch fest.

»Das höre ich öfter. Heute Mittag, als wir uns kennengelernt haben jedenfalls …«

Tumasch musste lachen. »›Kennengelernt‹ ist gut!«

»… da haben Sie gesagt, Sie hätten es sowieso verbockt.«

»Ja, und Sie haben gesagt, das stimmt nicht.«

Capaul stutzte. »Meinetwegen. Aber nehmen wir an, Sie haben es verbockt. Dann ist es doch umso wichtiger, dass jemand da ist, der für Meta sorgt.«

»Und das wollen Sie sein? Ein dummer Polizist? Das hat uns noch gefehlt. Nein, ich sehe folgendes Szenario: Ich töte Sie und harre aus, bis Depeder kommt …«

»Was heißt, Sie harren aus?«, rief Capaul. »Tauche ich nicht morgen früh auf dem Revier auf, kommen Sie um eine Untersuchung nicht mehr herum. Zwei Tote, zwei Verschollene in einer Woche im selben Tal, da glaubt kein Mensch mehr an Zufall. Diese Untersuchung, Sar Tumasch, besorgt kein netter Engadiner Polizist, sondern mindestens die Kripo Chur. Und die kommt Ihnen sehr schnell auf die Schliche.«

»Zugegeben, Sie haben recht«, murmelte Tumasch. »Merda.«

»Sie haben es verbockt.«

»Ich hab's verbockt.«

Danach schwiegen sie. Irgendwann lud Tumasch eine kleine Kurbeltaschenlampe auf, nahm sie zwischen die Zähne und löste Capauls Hände. Dafür hängte er die Fußfesseln wieder an die Seilwinde und zog sie einen knappen Meter hoch. Capaul fiel auf den Rücken, die Beine schräg in die Luft gestreckt.

»Besser so?«, erkundigte sich Tumasch.

»Etwas«, keuchte Capaul, nachdem er sich vom Aufprall erholt hatte, rieb die Handgelenke und tastete die verletzte Schulter ab. Tumasch zog sich wieder in die Höhle zurück. Capaul war, als hörte er ihn unterdrückt weinen.

Gegen Morgen drehte das Wetter. Der Absatz, auf dem sie lagerten, hatte bis dahin im Windschatten gelegen. Jetzt wehte eine schwache, aber kalte Bise, die den Staub aufwirbelte und Capaul Tränen in die Augen trieb. Doch sie trieb auch die Staubwolke aus dem Tal, die zwischen den Hängen des Piz Linard und dem Munt da las Muojas festhing. Es roch nach Schnee.

Tumasch trat an die Klippe, sah übers Tal und stellte fest: »Bald fliegen sie wieder.«

»Die Schwalben?«, fragte Capaul.

»Sie Idiot, die sind längst fort. Nein, die Hubschrauber. Bis dahin müssen wir hier das Feld geräumt haben.«

Capaul witterte eine Gelegenheit nachzuhaken. »Als Cla starb, warum haben Sie eigentlich keinen Hubschrauber gerufen? Oder sonst welche Hilfe? Gab es gar keine Möglichkeit?«

»Natürlich hätte es die gegeben. Nur haben sich die drei davor gedrückt.«

»Warum das um Himmels willen?«

Tumasch ging zurück in die Höhle, um seine Schuhe zu holen, die er über Nacht ausgezogen hatte. Dann setzte er sich neben Capaul auf den Boden. »Wissen Sie, was ein Wildschutzasyl ist?«, erkundigte er sich, während er sie band.

»Man sollte meinen, das Wort erklärt sich von selbst«, stellte Capaul fest. Er versuchte, die eingeschlafenen Beine zu durchbluten, indem er die Wadenmuskeln abwechselnd spannte und entspannte.

»Dort wird nicht geschossen, auch keinem Tier nachgestellt. Die Grenzen dieser Asyle sind rot-gelb markiert, außerdem sollte jeder Jäger wissen, wo sie verlaufen, und sich daran halten.«

»Alles klar.«

»Könnte man meinen, nicht wahr?«, sagte Tumasch sarkastisch. »Die Westflanke des Piz Linard und des Linard Pitschen sind so ein Wildschutzasyl, vom Vallun Tiatscha über den Gipfel bis hinüber zur Val Muntanellas.« Während er sprach, zeigte er in die beginnende

Morgendämmerung – die benannten Berge waren allenfalls zu erahnen.

Capaul nickte. »Ja, aber wieso haben sich Duri und die anderen geweigert, Rettung zu holen? Sie sprechen doch von Lechthaler, Caviezel und Depeder?«

»Ja, natürlich. Duri war mit Cla und mir auf Jagd. Wir zogen vom Blaisch da Jon Troll – das ist der Hang da drüben – zur Tiatscha hin, dem Bächlein, das wie gesagt die Grenze zur Wildschutzzone bildet. Da, wo wir waren, ist Jagdgebiet. Wir hatten in den Tagen davor am Bach ein Hirschrudel gesichtet. Zur selben Zeit kamen vom Spi da Sassauta her, dem Grat dort hinten, Depeder und Caviezel. Sie waren auch hinter den Hirschen her.«

»Und haben geschossen«, riet Capaul gebannt.

»Nein, sie waren zu weit weg, wir auch. Caviezel und Depeder haben uns aber gesehen oder gehört, denn plötzlich hatten sie es eilig. Sie müssen wissen, der erste Schuss verjagt das Rudel, es gibt also meist nur diesen einen. Deshalb will natürlich jeder der Erste sein. Und weil sie sich so beeilt haben, ist einer der beiden gestolpert, Steine kamen ins Rollen, und das Gepolter hat das Rudel vertrieben, sie sind über den Bach ins Wildschutzgebiet geflohen.«

»Klug.«

»Ja, Tiere sind oft klüger als Menschen. Cla, Duri und ich sind geblieben. Wir haben unsere Cervelats ausgepackt, dann sind die anderen zu uns gestoßen. Man plaudert, ein Flachmann geht um, das Übliche. Caviezel hat ab und zu das Rudel gespiegelt …«

»Gespiegelt?«

»So heißt in Jägersprache, wenn man durchs Fernglas sieht.«

»Klar.«

»Ich finde das überhaupt nicht klar, mich hat das Wort immer verwundert.«

»Ich meine nur, erzählen Sie bitte weiter.«

»Schön, plötzlich sagt Caviezel: ›Da, sie ziehen hoch, und zwar im Bachbett.‹ ›Im Bachbett?‹, frage ich nach, weil nämlich der obere Teil der Tiatscha nicht mehr Wildschutzgebiet ist. Das würde heißen, wir könnten sie jagen. ›Na, fast‹, korrigiert Caviezel. Duri nimmt ihm das Nachtsichtgerät ab, schaut hindurch, springt auf und sagt: ›Los, die kriegen wir.‹ Ich schaue auch durchs Glas. Was sie sagen, stimmt nicht. Über der Tiatscha liegt Nebel, deshalb sieht man die Markierungen nicht. Aber ich weiß, wo die Grenze verläuft, und auch die Hirsche kennen sie sehr genau und bleiben schön im Wildschutzgebiet. Duri ist aber nervös und sagt: ›Die kommen jeden Moment runter, ich bin ganz sicher.‹ Er bricht auf, Depeder und Caviezel gehen mit.«

»Und Cla und Sie?«

»Man geht nicht nur auf die Jagd, um zu töten. Cla und ich genießen den Augenblick, es ist Clas erste Jagd mit Patent. Ja, natürlich wollte er im ersten Moment mit Duri und den anderen mit. Ich habe ihm gesagt: ›Sie sind viel zu nervös. Ist man nervös, schießt man gar nichts. Und wenn, wird es bestimmt kein Blattschuss. Wir haben Geduld, und du wirst sehen, am Schluss tragen wir den Hirsch nach Hause, nicht sie.‹«

»So haben Sie das gesagt?«

»Ja, warum nicht. Cla und ich hatten es sehr lustig, wir haben uns um die Hirsche gar nicht mehr gekümmert. Ich habe Jagdgeschichten aufgewärmt, darüber, was ich mit dem Drilling alles erlebt hatte. Mit dem Gewehr hatte ich fast vierzig Jahre lang gejagt.«

»Kannte Cla die Geschichten nicht schon?«

»Doch, manchmal war er sogar dabei gewesen, er kam schon als Zwölfjähriger mit auf die Jagd. Wir erinnern gerade einen Mordshirsch, einen Vierzehnender, der uns in der Val Sagliains überrascht hatte. Vierzehnender darf man nicht schießen, der Kerl wusste das. Er stand drei Meter vor uns, breitbeinig, und hat geröhrt, als wären wir seine Kühe, der Angeber. Wir lachen, Cla ahmt den Hirsch nach, röhrt – und Cla konnte vielleicht röhren! –, dann fällt er plötzlich vornüber. Ich hatte den Schuss gar nicht gehört.«

»Welchen Schuss?«

»Cla war angeschossen. Ich habe das zuerst gar nicht begriffen, ich dachte, er fällt zum Spaß. Hinter uns höre ich das Getrappel der wegrennenden Hirsche. Irgendwie hatten sie uns umlaufen, wir haben nichts gemerkt. Cla sagt: ›Bap, eu n'ha alch.‹ Bap, ich habe was. Da erst weiß ich, dass es kein Witz ist. Wegen seiner Stimme, er hat wieder eine Stimme wie als Bub. Ich will ihm aufhelfen, aber er sackt gleich wieder zusammen. Ich suche das Handy, mache Licht, da sehe ich erst, dass er blutet. Nicht sehr stark. ›Du blutest‹, sage ich, ›du hast eine Schramme.‹ ›Nein, im Bauch‹, sagt er, ›es ist im Bauch, es brennt. Es brennt höllisch. Und schlecht ist mir, Bap, mir war noch nie so schlecht.‹« Tumasch unterbrach kurz, um sich das staubverklebte Gesicht zu reiben. »Ich schreie, ich rufe nach Duri, die drei kommen auch. Ich höre, wie einer zum anderen sagt: ›Und ich hätte schwören können, ich habe ihn.‹ Duri ist als Erster bei uns und fragt: ›Wo sind sie lang?‹ ›Scheiß auf die Hirsche‹, sage ich, ›mit Cla stimmt etwas nicht.‹ Depeder zündet eine Sturmleuchte an. Cla liegt inzwischen auf dem Bauch, er hat im Rücken eine blutende Wunde. Einer schüttet Wasser drüber, um das Blut abzuspülen, da sehe ich, dass es keine Schramme ist, sondern eine Schusswunde. Wir drehen Cla auf den Rücken, es ist ein Durchschuss. Das Loch vorn ist größer, aber auch nicht riesig, es fließt nicht viel Blut. Trotzdem ist Cla ganz käsig. ›Was habt ihr gemacht?‹, ruft Caviezel aus, ›habt ihr mit dem Gewehr gespielt?‹ ›Wie soll das gehen?‹, frage ich, während ich mir das Hemd ausziehe, um Cla zu verbinden. ›Cla stand mit dem Rücken zum Bach, die Kugel kam von da drüben. Aus der Wildschutzzone.‹ In dem Moment dachte ich ganz klar. ›Merda‹, sagt Duri, und sie tuscheln. ›Was quatscht ihr?‹, frage ich, ›helft lieber, er muss sofort ins Krankenhaus.‹ ›Ja, wir holen Hilfe‹, verspricht Duri. Gleichzeitig sagt Cla: ›Bap‹, dann wird er ohnmächtig. ›Ruft den Hubschrauber‹, brülle ich, aber wir sind ja im Funkloch. ›Wir gehen telefonieren‹, sagte Duri, und dann sind alle drei einfach weg.«

»Was, abgehauen?«, fragt Capaul fassungslos.

»Ja, sie haben sich aus dem Staub gemacht. Ich versuche trotzdem, Alarm zu schlagen, erst mit meinem Handy, dann mit Clas. Währenddessen kommt er wieder zu sich. ›Ich habe keinen Empfang‹, erkläre ich ihm, und er fängt einen Streit über unseren Telefonanbieter an. Er hat wechseln wollen, schon länger, aber ich fand immer, wir bleiben bei der Post. Dann ist es vielleicht doch nicht so schlimm, wenn er noch streiten kann, denke ich, nehme Cla hoch und hieve ihn irgendwie auf meinen Rücken. ›Bap, das Gewehr‹, fleht er, ›der Drilling muss mit!‹ Sein geliebter Drilling. Also schnappe ich mir auch noch die Gewehre, aber nach ein paar Metern schmeiße ich sie weg. Darauf rastet Cla völlig aus, er lässt sich nicht mehr tragen, strampelt sich frei, dabei verliert er wieder das Bewusstsein. Ich sammle die Gewehre ein, finde ein Versteck für sie, buckle Cla erneut, mache mich auf den Abstieg. Der Nebel wird stärker, ich verlaufe mich. Ich will eine Abkürzung runter zur Straße nehmen und finde sie nicht. Manchmal ist Cla wach, wir unterhalten uns; wobei er nur noch Unsinn redet: ›Bap, ich will nicht, dass es schneit.‹ ›Bap, die Kälber sind los, und wir haben doch nur die zwei.‹ Ich sage: ›Ach was, du wirst sehen, die Flocken schmelzen, bevor sie überhaupt am Boden sind‹, oder: ›Wir kaufen neue Kälber, sogar drei. Hauptsache, du hältst durch.‹ Irgendwann wurde er nicht mehr wach, aber ich habe gefühlt, wie er sich an mich klammert. Gut so, habe ich gedacht, soll er schlafen, so spart er Kraft. Und bin gerannt wie der Teufel.«

XIV

Capaul dachte an Metas Schilderung, wie Tumasch mit dem toten Buben auf dem Rücken durch die Dorfgassen getorkelt war, und hätte ihn vor Rührung am liebsten umarmt. Er hatte aber auch schon seit Längerem Harndrang, und so sagte er nur: »Ich sollte mal austreten.«

»Austreten?«

»Toilettengang.«

»Ja, klar.«

Schwerfällig erhob sich Tumasch, entriegelte die Seilwinde, so dass Capauls taube Beine auf die Erde niederkrachten, löste die Fußfesseln und band sie so, dass Capaul immerhin kleine Schritte machen konnte. Die Enden verknotete er zehn-, zwanzigmal. »Bis Sie die mit einer Hand aufhaben, ist es Weihnachten«, brummte er.

Capaul versuchte sich aufzurichten. Er brauchte eine Weile, bis er wieder sicher stehen konnte, dann ging er das Felsband entlang. Es war inzwischen fast Tag, das Licht war milchig, weder der Himmel noch der Talboden waren zu erkennen. Nur ganz hinten im Tal wurde die Sicht klarer. Capaul war, als schwebte er in einer Wolke, und als er sich hinter der nächsten Biegung erleichterte, dachte er: Vielleicht lassen es so die Engel regnen.

Dann hörte er von der Höhle her ein Klicken, gleich darauf einen Schuss. Instinktiv warf er sich zu Boden. Das war doppelt schmerzhaft, denn der Grund war hier nur nackter Stein. Keuchend lauschte er und leckte den Staub von den Lippen, dann sah er vorsichtig hinter sich, ob Tumasch ihm nachkam. Tat er nicht, also kroch Capaul Handbreit um Handbreit um die Biegung zurück, für alle Fälle mit einem faustgroßen Stein bewaffnet, bis er wieder die Höhle sah. Tumasch lag rücklings am Boden und röchelte. Die eine Hand hatte er noch am Gewehr. Capaul konnte von der Seite kein Blut entdecken. Erst als er sich wieder aufgerichtet hatte und zu ihm trat, sah er, dass an der anderen Gesichtshälfte das Ohr fehlte und ein Teil des Schädelknochens. Die Wunde war sauber, wie ausgefräst. Vermutlich hatte Tumasch gesessen, als er sich den Gewehrlauf in den Mund gesteckt und abgedrückt hatte. Womöglich waren seine Arme zu kurz gewesen, und um den Abzugshahn zu erreichen, hatte er sich recken müssen. Oder er hatte im letzten Moment Angst bekommen und instinktiv den Kopf weggedreht. Jedenfalls hatte er sein Ziel verfehlt. Das schien auch Tumasch so zu sehen, denn während Capaul über ihn gebeugt stand, öffnete er die Augen, und sein Blick sagte ganz klar: Merda, sogar das verbocke ich noch.

Capaul setzte sich seufzend, löste mühselig die Fesseln von den Füßen und machte sich aus dem Seil eine Armschlinge, um die Schulter zu entlasten. Dann suchte er in Tumaschs Sachen nach Verbandsmaterial, allerdings vergeblich. Schließlich zog er Tumasch Schuhe und Socken aus, legte ihm die Socken im Kreuz über die Kopfwunde und band sie notdürftig mit dessen Reserveunterhose fest. Sie roch auffällig nach Lavendel.

»Ich hätte nicht gedacht, dass Meta zu den Frauen gehört, die Waschmittel mit Lavendelduft benutzen«, wunderte er sich. Tumaschs Atem stotterte, als lachte er.

»Haben Sie Schmerzen?«, fragte Capaul.

Tumasch sah ihn ohne besondere Regung an.

»Ich interpretiere das als Nein«, erklärte Capaul. »Möchten Sie noch immer sterben?«

Tumasch ließ die schweren Lider niedersinken und öffnete sie mit Mühe wieder.

»Also ja. Das Dumme ist, Ihre Verletzung sieht nicht lebensbedrohend aus, zumindest dürfte das Sterben sich eine ganze Weile hinziehen. So viel Zeit haben wir nicht. Sie sagten es ja schon: Bald fliegen sie wieder.«

Tumasch keuchte wieder.

»Darf ich mir kurz Ihr Handy ausleihen?«, bat Capaul.

Tumaschs Blick wurde unruhig.

»Keine Angst, ich will nur eben …«, begann Capaul. Dann hatte er das Handy gefunden und brauchte alle Aufmerksamkeit, um das Passwort zu erraten. Tumasch sah zu, wie Capaul aufs Geratewohl vier Nullen eingab, vier Einsen, dann 1234, 0123, 4321 und 3210, alles ohne Erfolg. »Kommen Sie«, bat Capaul, »Sie helfen mir, ich helfe Ihnen.«

Tumasch schien ihn auszulachen, sein Atem stotterte.

Capaul gab noch nicht auf. »Wann ist Cla gestorben? 2011?«

Tumasch wurde nervös. Die Nummer passte.

Capaul erhob sich. »Bin gleich wieder da«, versprach er und balancierte auf dem Felsband talauswärts, bis das Handy Empfang hatte.

Es war erst kurz nach sieben Uhr, es dauerte, bis Depeder sich mit einem verschlafenen »Ja, was?« meldete.

»Sie wollten Tumaschs Leiche sehen«, erinnerte ihn Capaul. »Wann können Sie hier sein?«

Das weckte Depeder. »Wo soll ich hinkommen?«

»Sie haben mich doch hergeschickt. In die Val Lavinuoz.«

»Kann man da jetzt hin? Ist es nicht mehr gefährlich?«

»Nicht gefährlicher als gestern«, stellte Capaul fest, »und bestimmt nicht gefährlicher, als auf die Jagd zu gehen. Die Straße ist noch gesperrt, aber nur mit einem Scherengitter, das schieben Sie einfach zur Seite. Sie brauchen auch nur bis zur Alp Dadoura zu fahren, dort steigen Sie senkrecht den Osthang empor. Die letzte Strecke werde ich Sie lotsen. Aber es muss schnell gehen, wir müssen noch Spuren beseitigen.«

»Was für Spuren?«

»Oh, da sind noch allerhand Spuren von der Sache an der Tiatscha vor sieben Jahren.«

Depeder stöhnte. »Das ist doch nicht möglich.« Aber dann versicherte er: »In einer Stunde spätestens bin ich dort.«

»Gut, und nehmen Sie eine Garnitur Kleider mit, etwas zum Graben und einen Gebührensack.«

»Gebührensack?«

»Einen Abfallsack.«

»Wozu?«

»Beeilen Sie sich lieber«, empfahl Capaul und hängte auf.

Als er zur Höhle zurückkehrte, hatte Tumasch die Augen geschlossen, sein Atem ging ruhig. Capaul sammelte den Abfall und Tumaschs Sachen zusammen – viel war es nicht –, dann legte er sich flach auf den Boden, robbte bis an den Klippenrand und suchte den Wald unterhalb nach einer Stelle ab, die weich genug aussah, um ein Grab auszuheben. Wirklich fündig wurde er nicht.

Tumasch war wach, als er zu ihm zurückkehrte.

»Wir erwarten Besuch«, erklärte er. »Depeder.«

Tumaschs Atem beschleunigte sich, sein Blick wurde fragend.

»Er wird unser Problem lösen«, versprach Capaul, während die Steilwand des Linard Pitschen bereits den Schall von Depeders Autohupe zurückwarf. Capaul trat wieder zur Klippe und sah zu, wie Depeder durch den Wald bergwärts stieg. Er rannte fast. Capaul wollte ihm pfeifen, er konnte gut durch die Finger pfeifen – nur nicht mit gebrochenem Schlüsselbein. Also rief er und merkte jetzt erst, wie belegt seine Stimme vom Staub war. Es dauerte, bis Depeder auf ihn aufmerksam wurde, und danach brauchte er nochmals eine gute halbe Stunde, um einen Zugang zur Klippe zu finden. Schließlich kam er von oben, nach einem weiten Bogen hin zum Piz Champatsch. Tumasch war wieder eingenickt.

»Wie hat es dieser Krüppel nur hier hoch geschafft?«, wunderte sich Depeder, dann bemerkte er die Seilwinde. »Sie haben ihn doch nicht etwa gezogen?«

»Nein, er mich. Der Mann kennt keinen Schmerz mehr.«

»Jetzt sowieso nicht mehr«, stellte Depeder fest und stieß mit dem Fuß Tumaschs Körper an.

Tumasch schlug die Augen auf. Depeder brüllte vor Entsetzen und machte einen Satz zurück, stolperte und wäre fast abgestürzt. »Sie haben gesagt, er ist tot!«, schrie er entgeistert und raffte sich auf, dann brüllte er abermals.

Tumaschs Atem rasselte vergnügt.

Capaul winkte ab. »Ich sagte nur, Sie können seine Leiche sehen.« Er hielt Depeder den Drilling hin. »Einmal abdrücken, fertig. Sie tun uns allen dreien damit einen Gefallen.«

»Sie sind irre! Sie sind alle beide irre!« Er fasste das Gewehr nicht an.

»Nur Mut, Depeder, Sie sind Jäger, Sie schaffen das«, versicherte Capaul und legte ihm den Drilling vor die Füße. »Das Gewehr ist womöglich nicht geladen, aber hier ist Munition.« Er legte den Ledergurt dazu, Tumaschs liebevolle Schülerarbeit mit eingebrannten Kälbchen und Edelweiß.

Der Schweiß schoss Depeder aus allen Poren, die Kleider klebten ihm am Körper.

»Es ist übrigens Clas Gewehr, mit dem Sie Tumasch erschießen«, erzählte Capaul. »Wissen Sie, was seine letzte Sorge war, bevor er auf dem Rücken seines Vaters krepiert ist? Dass Tumasch es am Berg zurücklässt. Dieser dreieiige Drilling, wie sie ihn nannten, hat dem Jungen alles bedeutet, das Gewehr war sein Schlüssel zur Welt der Erwachsenen, zur Welt der starken, aufrechten Männer. Von denen ihn einer in jener Nacht in den Rücken geschossen hat und danach zu feige war, sich der Verantwortung zu stellen. Wie alt sind Ihre eigenen Kinder, Depeder?«

Depeder presste heraus: »Was tut das zur Sache?«

»Vielleicht nichts«, gab Capaul zu. »Aber wie werden sie wohl damit umgehen, wenn sie erfahren, dass ihr geliebter Vater den Sohn von seinem Freund erschossen und sich nicht gestellt hat?«

Depeder schlotterte am ganzen Körper. »Wir waren nie Freunde«, stellte er klar. »Und wer sagt Ihnen überhaupt, dass ich es war und nicht Claviezel oder Lechthaler?«

»Ich denke, wären Sie es nicht gewesen, hätten Sie ganz anders reagiert. Sie hätten gerufen: ›Wieso, es war Duri, der Saukerl!‹, oder eben: ›Der Caviezel war's, nicht ich!‹ Sie sagen: ›Tumasch und ich, wir waren keine Freunde.‹ Doch wissen Sie, es spielt auch keine Rolle, für mich jedenfalls nicht. Vielleicht für Tumasch.«

Der hielt die Augen geschlossen und wirkte sehr ruhig, nur die Mundwinkel zuckten. Depeder vermied es, ihn anzusehen, als er endlich das Gewehr aufnahm und überprüfte, ob es geladen war.

159

Als Tumasch das Klicken des Schlosses hörte, öffnete er die Augen. Doch Depeder richtete den Lauf nicht auf ihn, sondern auf Capaul. Tumasch stieß eine Art Schrei aus.

»Ihnen ist bestimmt klar, Capaul, dass ich Sie jetzt beide töten muss«, sagte Depeder. Seine Hände zitterten so sehr, dass er den Drilling nicht ruhig halten konnte. Das war auf ihre Distanz aber auch nicht nötig. »Und komfortabler hätten Sie es mir nicht einrichten können, danke. Es wird so aussehen, als hätte Tumasch Sie umgelegt und danach sich selbst erschossen. Oder angeschossen. Ich denke, ich lasse ihn so krepieren.«

Capaul sah in den Himmel. »Das könnte sich rächen. Das Wetter kippt, der Staub verzieht sich, und der Hubschrauber kehrt zurück, vermutlich mit der Wärmekamera. Wird Tumasch innerhalb der nächsten vierundzwanzig Stunden ärztlich versorgt, hat er, denke ich, noch ein langes Leben vor sich.«

Tumasch ächzte.

»Ich ziehe euch in die Höhle«, sagte Depeder lapidar.

»Clever gedacht«, gab Capaul zu und seufzte. »Tja, so kann man sich täuschen. Wissen Sie denn nicht …«

»Es ist nur natürlich«, unterbrach ihn Depeder, »dass ich in dieser Lage an mich denke.«

Dann fiel sein Blick auf Tumaschs Handy, das Capaul lässig zwischen dem hochgebundenen Arm und seiner Jacke eingeklemmt hielt. Depeder schlug mit dem Gewehrlauf auf die lädierte Schulter, Capaul knickte vor Schmerz ein, dabei fiel das Handy zu Boden. Depeder zertrat es, hob die Trümmer auf und schleuderte sie in hohem Bogen über die Klippe. Dann richtete er das Gewehr wieder auf Capaul. »Sie dachten wohl, Sie sind besonders clever.«

Capaul erhob sich mühsam und richtete den Arm wieder in der Schlaufe ein. »So kann man sich täuschen«, wiederholte er. »Wissen Sie denn nicht, was die Cloud ist?«

Tumasch entfuhr ein Grunzen.

Depeder schüttelte verständnislos den Kopf. »Welche Cloud?«

»Nun, die Cloud eben, dieser ominöse Speicher irgendwo da draußen im großen Universum. Das Telefongespräch von heute früh ist dort ebenso gespeichert wie unser Gespräch vorhin. Passwortgeschützt, wie sich's gehört, doch meine Kollegen kennen natürlich den Code. Erscheine ich nicht pünktlich heute Nachmittag zum Dienst, klingelt spätestens heute Abend jemand mit Handschellen an Ihrer Tür.«

Während er sprach, fiel ihm die Hindemith-Sprechoper wieder ein, die der Polizeikadettenchor zur Abschlussfeier einstudiert hatte, und Capaul skandierte:

»Da kommt der Schutzmann
Führt sie ab
Ins Gefängnis.
›Das geschieht Ihnen recht.
Warum stehlen Sie des Nachts
Eier, Kartoffeln
Und junge Hunde?‹«

Depeder hörte ihm fassungslos zu. Dann schüttelte er den Kopf. »Sie bluffen, wir sind hier im Funkloch.«

»Ja, Sie! Wir von der Polizei bewegen uns natürlich in ganz anderen Sphären. Schade, dass ich Ihnen das jetzt nicht mehr vorführen kann.«

Tumasch röchelte, dass ihm Tränen in die Augenwinkel traten.

Depeder schwieg einige Minuten, seine Pupillen jagten hin und her. Dann vergewisserte er sich: »Capaul, Sie stecken da aber genauso drin, oder? Ich meine, das sind nicht die Methoden eines Polizisten. Sie kriegen mich nicht dran, ohne dass Sie selber hängen, das sehe ich doch richtig?«

»Ja, vollkommen.«

»Das heißt, wir sind Komplizen.«

Capaul wiegte den Kopf. »Drücken wir es so aus: Wir wollen beide nur das Beste, und zwar für alle. Stirbt Tumasch einen unauffälligen Tod, wird unbestritten bleiben, dass auch Lechthaler und Caviezel ohne Fremdeinwirkung gestorben sind. Sie waren ja bisher der Einzige, der das bestritten hat. Tumasch behält seinen guten Ruf, und Meta bekommt die schöne Rente, die sie längst verdient hat. Sie selber bleiben unbefleckt, können politisieren, wie Sie wollen, Geschäfte treiben, Ihre Kinder umarmen …«

»Und Sie bleiben Polizist.«

Capaul lachte. »Genau, und zwar einer, der seinem Chef Freude bereiten würde. Leider wird er nie erfahren, wie tüchtig ich mich fürs Gemeinwohl einsetze. Kann natürlich sein, dass ich ihm zu wenig belastbar bin. Das ist schon meine zweite Verletzung, und ich bin noch in der Probezeit.«

»Moment! Wenn er Sie jetzt feuert, lassen Sie mich dann etwa auffliegen? Oder denken Sie daran, mich zu erpressen?«

»Auf den Gedanken kam ich noch gar nicht«, sagte Capaul verschmitzt. »Aber hören Sie, die Uhr tickt. Und Sie haben keine Wahl: Bringen Sie mich um, kommen Sie garantiert nicht ungeschoren davon. Spielen Sie mit, haben Sie zumindest eine Chance.«

»Ja, das leuchtet ein«, gab Depeder zu. Nach einem Blick auf seine iwc legte er den Drilling nieder, kniete neben Tumasch zu Boden, riss dessen Jacke und Hemd auf und legte so die Brust frei. Dann nahm er Tumaschs Jagdmesser an sich, das mit der Rande aus der Tasche gefallen war. Tumasch verfolgte alles lebhaft mit den Augen.

Depeder dagegen tat, als wäre Tumasch schon tot. »Ein Messer hinterlässt weniger Spuren als eine zweite Kugel«, erklärte er Capaul, so, als wäre Tumasch bereits tot. »Setzt der Verwesungsprozess ein oder knabbert ihn ein Fuchs an, wird man bald nur noch auf die Kopfwunde sehen.« Nachdem er das Jagdmesser aufgeklappt und die Schärfe der Klinge geprüft hatte, tastete er Tumaschs Rippen ab, setzte ganz unprätentiös die Messerspitze an und stieß zu, mit dem ganzen Gewicht seines Oberkörpers.

Tumaschs Augen verdrehten sich, er seufzte, und sein Blick brach.

»So«, sagte Depeder ruhig. Mit einem Ruck zog er die Klinge wieder heraus, wischte sie an einem Büschel Gras ab und klappte das Messer zu. »Jetzt müssen wir ihn nur noch loswerden.«

»Wollen Sie ihm nicht die Augen schließen?«

Depeder schloss Tumasch die Augen.

»Ich würde Ihnen ja gern helfen, ihn zu vergraben, aber ich bin ziemlich lädiert.«

»Ich schaffe das schon«, antwortete Depeder. »Und mir ist lieber, Sie wissen nicht, wo er liegt. Vergraben ist übrigens Blödsinn, ich löse das anders. Ich schlage vor, Sie gehen schon ins Tal und machen es sich im Auto bequem, es steht offen. Ich komme nach, spätestens in zwei oder drei Stunden, und bringe Sie ins Krankenhaus. Den Krempel hier kann ich mitnehmen, aber vielleicht tragen Sie die Batterie.«

»Danke«, sagte Capaul, setzte Bernhilds Helm wieder auf und machte sich an den Abstieg. Als er zurückblickte, sah er, wie Depeder Tumaschs Leiche an den Füßen in den Flaschenzug einhängte und ihn über den Höhlenrand emporzog.

Capaul war erschöpfter, als er gedacht hatte, mehrmals stürzte er schmerzhaft, weil er einknickte. Im Wald ging es umso zügiger voran: Der Wind hatte die Lärchennadeln zu dicken Teppichen zusammengeschoben, auf denen es sich herrlich rutschen ließ. Auch der Durst quälte ihn, den ganzen Abstieg über freute er sich auf das frische klare Bergwasser im Bett der Lavinuoz. Als er ankam, floss dort aber nur eine dünne, rötlich matte Brühe. Er zwang sich, zwei Schlucke zu trinken, dann begab er sich zum Auto. Depeder hatte sich geirrt, der BMW war verriegelt. Capaul legte sich daneben ins dürre, dick verstaubte Gras und schlief tatsächlich ein.

XV

Als Depeder ihn weckte, war er bereits umgezogen. »Hoch mit Ihnen«, sagte er.

»Wie lange habe ich geschlafen?«

»Keine Ahnung, aber jetzt ist es halb eins.«

Noch etwas benommen stand er auf und sah zu, wie Depeder seine verdreckten und blutigen Kleider in den Müllsack stopfte. Er fror, es war deutlich kälter geworden.

»Sind Tumaschs Sachen auch da drin?«

Depeder nickte. »Was nicht mit ins Grab gewandert ist.«

Capaul hievte sich auf den Beifahrersitz. Depeders demonstrative Lockerheit gefiel ihm nicht. Er wollte die Tür zuziehen, doch Depeder hielt sie fest.

»Augenblick noch, was ist mit den Spuren im Vallun Tiatscha?«

»Ist das die Tiatscha?« Capaul zeigte auf ein Bächlein, das sehr steil den Berg hinabschoss.

»Ja, genau.«

»Aber wie kann man da picknicken, ohne abzurutschen?«

»Sage ich ja, im Vallun Tiatscha bleibt man nicht länger als nötig. Aber was ist jetzt mit den Spuren?«

»Offen gestanden, das war geblufft.«

Depeder lachte. »Hatte ich mir halb gedacht.« Er stieg zu und startete den Motor. »Sie sind ausgefuchster, als man meinen möchte, Capaul.«

Der reagierte nicht. »Wir müssen noch unsere Aussagen abgleichen. Wo haben Sie mich aufgegabelt?«

»Ach, machen wir's nicht kompliziert«, erwiderte Depeder. »Hier natürlich. Ich kam hoch, um mir die Abwasserleitung der Hütte anzusehen, da müsste schon längst etwas getan werden. Und nach der Tragödie mit dem Felssturz braucht die Val Lavinuoz sowieso eine Auffrischung, sonst kriegen wir keine Touristen mehr hier hoch.« Er fuhr rasant und erstaunlich geschmeidig das schmale Kiessträßchen hinab.

»Woher kommt eigentlich Ihre gute Laune?«, fragte Capaul.

Depeder warf ihm einen verwunderten Blick zu. »Na, hören Sie, das ist das Ende eines ewigen Albtraums. Ein hässliches Ende zugegebenermaßen, aber doch das Ende. Danke übrigens dafür.«

Das gefiel Capaul gar nicht. Eine Weile wandte er sich ab und sah aus dem Fenster, dann stellte er fest: »So war das nicht gedacht. Sie sollten bis an Ihr Lebensende jede Nacht schreiend aufwachen.«

»Böse, böse«, schimpfte Depeder scherzhaft. »Leider wird daraus nichts. Ich sage nur Doxepin. Ein Wundermittel, angstlösend, stimmungsaufhellend und dazu ein prima Schlafmittel.«

Capaul nickte nachdenklich. »Das beantwortet mir auch die Frage, wie man all die Jahre mit so einer Schuld lebt.«

»Na ja, am Tod des Jungen war ich nur halb schuld, solche Unfälle passieren eben auf der Jagd. Und Tumasch und Cla hatten sich völlig unweidmännisch benommen. Was die Sache so verkompliziert hat, ist, dass ich vom Wildschutzgebiet aus geschossen hatte. Daran wiederum ist Duri schuld, er war felsenfest überzeugt, dass wir die Grenze wieder überschritten hatten. Und dummerweise habe ich ihm geglaubt.«

»Wollten ihm glauben.«

»Ist ja egal, ich rede nichts schön. Klar, da war dieser Prachthirsch, der so mir nichts, dir nichts vor uns herspaziert. Und dieses magische Moment, das uns völlig von den Socken haut: Ich lege an und habe den Abzug schon halb durchgedrückt, da ist der Hirsch von einer Sekunde auf die andere wie fortgezaubert, einfach weg, hat sich in Luft aufgelöst! Stattdessen plötzlich dieses höhnische Röhren im Gebüsch … Natürlich denkt man da: Na, warte!«

»Dass Cla und Tumasch da sitzen, hatten Sie so einfach vergessen?«

»Was heißt ›vergessen‹? Sie hatten da nicht mehr zu sein. Man geht doch nicht auf die Jagd, um dumm rumzusitzen. Ich war sicher, die sind längst wieder auf der Pirsch.«

»Ach so.« Capaul brauchte einen Moment, um das zu fassen. »Und als Ihnen klar wurde, dass Sie statt den Hirsch den Jungen getroffen hatten?«

»Was wollen Sie hören? Es sah nicht so schlimm aus, und wir hatten ja auch vor, Alarm zu schlagen. Wenn da nicht die Sache mit der Wilderei gewesen wäre. Das ist keine Bagatelle, müssen Sie wissen, dafür steckt man hier drei Jahre im Gefängnis! Da kann ich zusammenpacken, nicht nur als Politiker. Wer will schon einen Knastbruder als Architekten?«

Kurz bevor sie Lavin erreichten, fuhr Depeder auf einen Ausweichplatz und stellte den Motor aus. Irgendwo in der Ferne ratterte ein Hubschrauber. Hier unten war es fast windstill, während oben auf den Gipfeln und Kreten der Nordwind in langen roten Fahnen den angehäuften Wüstenstaub wieder abtrug.

»Ich weiß noch gar nicht, wo ich Sie hinbringen soll«, sagte Depeder. »Aber um das Thema abzuschließen: Wir haben uns also auf dem Abstieg entschieden, nicht Alarm zu schlagen, sondern zu behaupten, wir hätten in jener Nacht am Piz Glims gejagt.«

»Da glaubten Sie immer noch, dass Cla überlebt?«

»Ja natürlich.«

»Hätten Sie gewusst, dass er sterben muss …«

»›Hätten Sie … Wären Sie …‹ Was soll das, Capaul? Wir wussten es nicht, Punkt. Wir hatten für die beiden ein Schweigegeld ausgemacht, das haben wir erhöht, als wir von Clas Tod erfahren haben. Wir waren nicht geizig, einer wie Tumasch kann von der Summe gut ein paar Jahre leben. Wäre Tumasch in der Sache vor Gericht gekommen, wegen Verdachts auf Totschlag im Affekt oder so, hätten wir nochmals nachgebessert. Dafür hätte er vermutlich nur ein Jahr kassiert, vielleicht sogar auf Bewährung. Gegenüber den dreimal drei, die wir für Wilderei kassiert hätten, wäre das nichts gewesen. Der Handel war also weiß Gott fair.«

Capaul betrachtete einen Vogelbeerbusch am Wegrand, der über und über mit Netzen verklebt war, die irgendwelche Raupen oder Spinnen gewoben hatten. »Aus Ihrer Warte wohl schon«, gab er zu. »Wie läuft so was eigentlich ab? Gibt es einen schriftlichen Vertrag?«

»Nein, wir sind Ehrenmänner, wir halten unser Wort. Im Gegensatz zu Tumasch. Der kam nach einem Jahr plötzlich und wollte mehr, viel mehr. Aber Caviezel hat das geregelt.«

»War das, als Tumasch zusammengeschlagen wurde?«

»Keine Ahnung, ich kenne Caviezels Methoden nicht. Jedenfalls hat er uns danach in Ruhe gelassen.«

»Und wieso hat nie einer von Ihnen die anderen zwei verpfiffen? Sieben Jahre sind eine lange Zeit.«

»Verpfiffen, wozu?«, fragte Depeder. »Außerdem haben wir gut voneinander gelebt. So eine Geschichte schweißt ja auch zusammen, und ich als Architekt, Gemeinderat, später Großrat, Lechthaler mit seinem Schreiberposten und dem Einsitz in der Baukommission, dazu Caviezels Bauimperium … Da wäscht eine Hand die andere. Immer im Rahmen des Gesetzes natürlich, oder sagen wir, niemand hatte jemals Grund, sich zu beklagen. Die Bergtäler sind diesbezüglich speziell, überall, das werden Sie noch lernen. Gesetze sind schön und gut, aber was wirklich zählt, ist der persönliche Kontakt, dass man miteinander redet, Kompromisse findet. Wir Bergler sind eine aussterbende Rasse, umso mehr ist jeder auf den anderen angewiesen.«

Er drehte den Zündschlüssel.

»Und wo bringe ich Sie jetzt hin? Aufs Revier, ins Krankenhaus?«

»Eine Frage noch«, bat Capaul. »An dem, was geschehen ist – ich meine die Morde an Lechthaler und Caviezel –, fühlen Sie sich kein bisschen mitschuldig?«

Depeder stellte den Motor wieder aus.

»Warum sollte ich? Es konnte niemand ahnen, dass Tumasch derart durchdrehen würde. Und danach habe ich laut genug gewarnt, was noch geschehen könnte. Zum Glück haben Sie und ich das Schlimmste verhindert. Wissen Sie, was ich heute früh beim Abstieg gedacht habe? Ein Jammer, dass es vor sieben Jahren nicht Tumasch erwischt hat, sondern Cla. Der Bub hatte schon damals tausendmal mehr auf dem Kasten als sein Vater.«

»Sie haben drei Töchter, richtig?«

Depeder nickte. »Wieso fragen Sie?« Er drehte erneut den Zündschlüssel.

»Nur so. Verstehe ich das richtig? Sie leben also nach all dem, was passiert ist, genauso weiter wie bisher?«

»Eine Frage, hatten Sie gesagt«, grinste Depeder und

stellte den Motor wieder aus. »Nein, ich lebe nicht gleich weiter. Natürlich nicht. Auf mich kommt vieles zu. Mit Duri hat mich nicht so viel verbunden, aber Caviezel war mir ein wahrer Freund, ich fühle mich ihm gegenüber in der Pflicht. Ich überlege mir, seine Baufirma zu übernehmen. Mein Name wird dabei natürlich nicht auftauchen. Doch Caviezel hat viel geleistet, auch für mich, er verdient es, dass man seine Arbeit im selben Geiste weiterführt.«

Das brachte Capaul auf einen Gedanken. Er lieh sich Depeders Handy und rief auf dem Revier an.

Barbla nahm ab.

»Wo bist du?«, schimpfte sie. »Es ist Mittag, ich sollte zu Hause sein und meine Männer füttern. Wir haben bestimmt zehnmal bei dir angerufen.«

»Ich hatte einen Unfall, das Handy ist futsch«, sagte er. »Tut mir leid.«

»Bist du verletzt?«

»Nicht schlimm, das Schlüsselbein ist gebrochen.«

Sie stöhnte. »Das heißt, du fällst aus. Eine schöne Verstärkung hat Gisler uns da geschickt!«

»Ich weiß es nicht, aber das Autofahren wird schwierig. Jetzt gerade habe ich noch einen Chauffeur, das will ich ausnützen. Sag mir kurz, ob jemand sich um Caviezels Geliebte in Livigno gekümmert hat. Oder wartet sie noch immer darauf, dass er sie besucht?«

Barbla stutzte. »Nein, das ging unter. Ich glaube, wir kennen nicht einmal ihren Namen.«

Capaul wandte sich an Depeder: »Wie heißt Caviezels Geliebte?«

»Wieso soll ich das wissen?«, fragte Depeder sonderbar nervös.

»Wissen Sie es, oder wissen Sie es nicht? Sie hat einen

geliebten Menschen verloren und ein Recht darauf, es zu erfahren.«

»Na schön. Rosa.«

»Nachname?«

»Tozzi. Sie arbeitet an der Tankstelle.«

Capaul nahm den Hörer wieder ans Ohr. »Barbla, ich kümmere mich darum.«

»Halte uns auf dem Laufenden«, bat sie, »auch was deine Verletzung angeht. Verdammte Scheiße! Gute Besserung übrigens.« Damit hängte sie auf.

Capaul gab Depeder das Handy zurück. »Können Sie Italienisch?«

»Hier kann jeder Italienisch.«

»Dann nach Livigno, bitte.«

»Sie haben sie nicht mehr alle«, fuhr Depeder ihn an. »Ich fahre Sie ins Krankenhaus. Oder noch besser aufs Revier, damit Sie die verdammten Daten aus der Cloud löschen.«

»Von Löschen war nie die Rede«, erinnerte er ihn. »Und Rosa ist dringender. Was wissen Sie über sie?«

Depeder startete den Motor und fuhr hinunter zur Kantonsstraße. Sein Fahrstil war nun um einiges ruppiger. Beim Bauernhof Chasalitsch hielt er kurz, damit Capaul die Zaunbatterie an den Straßenrand stellen konnte.

Als sie die Unterführung passierten, sagte er: »Hören Sie, ich habe eine wichtige Sitzung. Ich besorge Ihnen einen Fahrer, gern auch für die ganze Zeit, bis Ihre Schulter wieder okay ist. Aber beim Krankenhaus in Scuol steigen Sie aus.«

»Warum sind Sie plötzlich so schlechter Laune?«, wunderte sich Capaul.

»Darum.«

Depeder spurte in Richtung Scuol ein.

»Liegt Livigno nicht hinter uns?«, fragte Capaul.

Depeder überhörte ihn – vielleicht auch nur, weil sein Handy klingelte. Er nahm ab und fuhr einhändig weiter.

»Ja«, sprach er in den Hörer, »das ist nett. Ach ja, da bin ich aber froh. Doch, wirklich. Ich hatte mich völlig unnötig in etwas hineingesteigert. Nein, um Himmels willen, keine weitere Untersuchung! Natürlich war er absonderlich, aber das macht einen Menschen nicht zwingend zum Mörder. Er hatte ja auch ein furchtbares Schicksal. Ja, genau. Genau, das denke ich auch.«

Dann hängte er auf.

»Gisler«, erklärte er Capaul. »Der Hubschrauber fliegt gerade mit der Wärmebildkamera über die Val Lavinuoz. An der Abbruchstelle im Bereich Alp d'Immez ist alles tot, bis auf ein Rudel Hirsche am Linard Pitschen. Gisler wollte hören, ob ich darauf bestehe, dass sie den Suchradius ausdehnen.«

Seit sie auf der Kantonsstraße fuhren, hatte er mehrere Wagen überholt und folgte nun einem Müllwagen.

Capaul deutete darauf. »Wo fährt der hin?«

»Montag ist Entsorgungstag«, fiel Depeder ein. »Er klappert wohl die Dörfer ab.«

Er blieb hinterm Müllwagen, als er die Kantonsstraße verließ, und folgte ihm bis zur nächsten Sammelstelle. Dort hielt er und stieg aus. Er grüßte die Männer mit Namen. »Ich dachte schon, ich bin wieder mal zu spät«, sagte er lachend, öffnete den Kofferraum und warf den Abfallsack mit Schwung in die Schütte des Lasters.

Der eine, ein gewisser Linard, zeigte auf Capaul und fragte: »Sar Oscar, spielen Sie neuerdings Ambulanz?«

Depeder grinste. »Das ist unser neuer Polizist. Kaum im Dienst und schon wieder außer Gefecht gesetzt.«

Jetzt starrte auch der andere, ein Armin, zu Capaul hin,

dann hob er ansatzweise die Hand an den Mützenrand und salutierte.

Capaul sprach durch die Scheibe: »Alles halb so schlimm.«

»Nette Burschen«, bemerkte Depeder, nachdem er wieder eingestiegen war. »Der mit der Mütze war lange Zeit das schwarze Schaf im Tal, Drogen, Schiebereien, illegale Wetten. Aber er hat sich gut gefangen. Wir schaffen es hier fast immer, die Leute wieder einzubinden.«

Gleich darauf erreichten sie Scuol. Depeder nahm die Ausfahrt zum Krankenhaus, passierte die Schranke und hielt vor dem Haupteingang.

»In zwei Stunden erwartet Sie hier draußen ein Fahrer.«

»Nein, das ist ein Missverständnis«, erklärte Capaul geduldig. »Wir zwei fahren nach Livigno, und zwar jetzt.«

»Werden Sie nicht kleinlich, Capaul. Sie kommen schon noch nach Livigno.«

»Wissen Sie, Sar Oscar, was passiert, wenn ich jetzt da hineingehe?«

»Oscar genügt.«

»So ramponiert, wie ich offenbar aussehe, wird der Arzt sich verpflichtet fühlen, die Polizei anzurufen. Barbla, unsere diensthabende Polizistin, wird sich sagen: ›Verflucht, Capaul war am Telefon eigentlich verdächtig kurz angebunden! Drei Tote und ein Verletzter in knapp einer Woche – ist da vielleicht doch etwas faul? Vielleicht ist gar diese Rosa in Gefahr? Checken wir mal lieber Capauls Handyspeicher! Sie wissen schon, die Cloud.‹«

»Das werden Sie doch wohl verhindern können.«

»Ich wüsste nicht, wie. Der Arzt ist gesetzlich verpflichtet, Meldung zu erstatten. Und rufe ich Barbla nochmals an und befehle: ›Hände weg von der Cloud!‹ – was, glauben Sie, wird sie denken?«

»Schon gut, schon gut, ich habe begriffen«, stöhnte Depeder und wendete. »Capaul, Sie sind schlimmer als eine Zecke im Arsch.«

»Ja, das habe ich auch schon gehört«, versicherte Capaul. Kurz schwiegen beide, dann stellte er die Rückenlehne tiefer und ruhte sich noch etwas aus.

XVI

Als er wieder aufwachte, fuhren sie durch einen finsteren einspurigen Tunnel.

»Der ist ja vielleicht eng«, staunte er.

Depeder erklärte: »Ursprünglich war das der Bautunnel für die Staumauer Punt dal Gall, da kommt unser Strom her. Vor fünf Jahren hatte ich hier ein Bauprojekt, wir haben eine Galerie erneuert.«

»Eine Kunstgalerie?«

»Tu nicht so naiv, Capaul. Eine Straßengalerie.«

Capaul wurde schwindlig, wenn er zusah, mit welchem Tempo Depeder den breiten suv durch die schmale Röhre steuerte. Er stellte die Lehne wieder senkrecht, und um sich abzulenken, fragte er: »Was wissen Sie über Rosa? Wie lange waren Caviezel und sie zusammen?«

»Fünf Jahre«, antwortete Depeder knapp.

»Ach! War Caviezel auch an dem Galerieprojekt beteiligt?«

»Am Rande.«

Capaul dachte nach. »Fünf Jahre sind eine lange Zeit für eine außereheliche Beziehung.«

»Ich weiß nicht, wie lange sie eine Beziehung hatten. Ob sie eine hatten. Ich weiß nur, dass er sie seit fünf Jahren kennt.«

»Und wie lange kennen Sie sie?«

»Ich dachte, wir sind per Du.«

»Wie lange kennst du sie?«

Er zögerte. »Ich habe sie wohl dann und wann gesehen.

Livigno ist Zollfreizone, also fährt man tanken, wenn man schon drüben ist.«

Sie hatten den Tunnel verlassen und fuhren den Stausee entlang, der wurmförmig zwischen steilen Bergflanken lag.

»Gesprächig bist du nicht gerade«, stellte Capaul fest, nachdem sie eine Weile geschwiegen hatten.

Depeder führte ein waghalsiges Überholmanöver durch, dann sagte er knorrig: »Was willst du? Ein Albtraum wechselt den anderen ab. Soll ich dir um den Hals fallen?«

»Da höre ich gern mehr«, versicherte Capaul, doch Depeder hatte ihm nichts mehr zu sagen.

Kurz vor Livigno erreichten sie die besagte Tankstelle, Depeder fuhr auf den Parkplatz und stellte den Motor aus. »Bitte sehr«, sagte er und wartete darauf, dass Capaul ausstieg.

»Ich brauche dich als Dolmetscher.«

»Es ist nicht schwierig«, erklärte Depeder. »Robert e morto, mi dispiace.«

»Das hätte ich auch noch zustande gebracht. Aber du musst ihr erzählen, was passiert ist. Ich meine, was hätte passiert sein können. Und ihr sagen, dass er sie geliebt hat. Und natürlich, dass von jetzt an du dich um sie kümmern wirst – finanziell, meine ich. Sie wird hier bestimmt nicht reich.«

»Du hast sie ja nicht mehr alle«, sagte Depeder nur. Und blieb mit verschränkten Armen sitzen.

»Komm schon«, rief Capaul, »das ist eine ausgesprochen bescheidene Buße für all die Toten!«

Depeder wollte antworten, doch da klopfte jemand ans Wagenfenster, gleich darauf stemmte ein kleiner Junge die Tür auf. Er war vielleicht vier Jahre alt und Depeder wie aus dem Gesicht geschnitten.

»Volete fare benzina?«, fragte er. »Alora dovete andare di là. Ma guai a voi, se non pagate! Abbiamo videosorveglianza, la mia mamma vede tutto. Io per mio conto prendo cherosene, ma quello non esiste qui. Io sono effetivamente una racheta, lo volete vedere?«

Ohne Antwort abzuwarten, rannte er mit angelegten Armen und gesenktem Kopf, ganz kreischende Rakete, zum Kassenhäuschen und verschwand.

»Der sieht aus wie du«, stellte Capaul fest.

Depeder schnappte noch nach Luft. Bevor er sich aus dem Staub machen konnte, zog Capaul den Autoschlüssel ab, stieg aus und ging dem Jungen nach.

»Capaul«, rief Depeder, »fourachül!« Doch Capaul überhörte ihn.

Rosa stand hinter der Theke und kassierte. »R. Tozzi« stand auf dem Namensschild. Sie war noch jung, höchstens dreißig, und die klassische Dorfschönheit, grüne Mandelaugen, großer Busen. Sie schien sich allerdings aus ihrer Schönheit nicht mehr viel zu machen. Sie sah müde aus, war bis auf einen fetten Lidstrich und verklebte Wimperntusche ungeschminkt, und der Pullover hatte Flecken.

Capaul schob sich an den Wartenden vorbei und legte ihr den Schlüssel hin. »Polizia svizzera« erklärte er. »Verstehen Sie Deutsch? Da draußen ist einer, der seine Rechnung nicht bezahlen will.«

Er freute sich über seinen pointierten Auftritt und wollte ihn nicht durch lange Erklärungen verderben. Doch als er sich abwandte, um das Kassenhäuschen zu verlassen, hielt ihn jemand am Ärmel zurück.

»Massimo«, fragte Bernhild entsetzt, »was ist mit dir passiert?«

Er brauchte eine Sekunde, um zu begreifen. »Ach so, das«, sagte er dann. »Ich war wandern.«

»Kann man dich denn keine Sekunde allein lassen? Warte draußen auf mich, ja? Ich muss nur eben zahlen.«

In der Tür kreuzte er Depeder, der ihm im Vorbeigehen einen Schulterstoß versetzte. Das gebrochene Schlüsselbein knackte, Capaul sah schwarz und musste draußen kurz niederkauern. Als er sich halbwegs erholt hatte, entdeckte er Bernhilds angerosteten Citroën Jumper an einer der Zapfsäulen. Er setzte sich auf den Beifahrersitz und atmete durch.

Bernhild ließ auf sich warten. Erst erschien der Junge wieder und sauste als Rakete zwischen den geparkten Autos hindurch. An der Einfahrt bildete sich eine immer längere Schlange, einzelne Fahrer hupten. Dann kam auch Bernhild.

»Das war vielleicht was!«, rief sie und ließ sich in den ausgeleierten Sitz fallen. »Die beste Soap, seit ich denken kann!« Sie startete den Motor. »Du fährst doch mit, ja?«

»Gern«, sagte er. »Was für ein Zufall.«

Sie zuckte mit den Schultern. »Geht so. Montag ist Wirtesonntag, da mache ich immer Großeinkauf. Entweder hier oder in Samnaun.« Sie steuerte den Wagen um den Kreisel, das Getriebe leierte. »Mein Italienisch ist vielleicht nicht das beste, aber hier gab es nichts misszuverstehen. Also, dieser Typ kommt durch die Tür. Sie: ›Bastardo, va pisciare!‹ Gleichzeitig schmilzt sie dahin. Er: ›Ich kann alles erklären.‹ Sie: ›Was gibt es da zu erklären? Du hängst mir ein Kind an und verduftest. Fünf Jahre lässt du dich nicht blicken. Stronzo! Fünf lange Jahre!‹ Er: ›Was sollte ich machen? Lara wollte sich scheiden lassen, mir die Mädchen wegnehmen, mich politisch fertigmachen. Aber Rosa, es geht um Robert …‹ Sie: ›Ha, genau, du verpisst dich und schickst mir diesen billigen Ersatz!‹ Er: ›Wieso, er hat sich gut um dich ge-

178

kümmert, oder nicht?‹ Sie: ›Gekümmert? Sehe ich aus
wie eine, um die man sich kümmern muss? Stronzo!‹ Sie
macht voll auf Zicke, dabei fließen die Tränen nur so. Er:
›Immerhin war Robert mein bester Freund.‹ Sie: ›War?
Er war? Gib zu, ihr habt euch zerstritten. Gib zu, er hat
die Schnauze voll von Nino und mir und schiebt jetzt
wieder dich vor! Ihr Männer seid doch alle krank!‹ Dann
sagt sie zum Kleinen: ›Nino, geh spielen.‹ Nino zündet den Nachbrenner, oder wie das heißt, und zischt ab.
Der Macker wartet solange, dann sagt er: ›Rosa, Robert
ist tot.‹ Im ersten Moment begreift sie gar nicht, sie tut
eingeschnappt. ›Ha!‹ Dann: ›Was tot, wieso tot? Ist der
Sauhund auch noch tot?‹ Und plötzlich stürzt sie auf ihn
los. Um ihn zu verprügeln wahrscheinlich, aber unterwegs überlegt sie es sich anders, sie stößt ihn nur immer
wieder vor die Brust, der Tür zu. ›Hau ab‹, schreit sie ihn
an, ›hau ab, ich muss kassieren!‹ Er haut aber nicht ab,
sondern setzt sich an das Tischlein hinten an der Wand,
an dem auch immer so ein Alki sitzt. Der Alki bringt
seine Flasche in Sicherheit. Sie noch mal: ›Hau ab‹, dann
tut sie so, als wäre er nicht da, und geht zurück hinter
die Kasse. Er: ›Ich haue schon ab, keine Sorge. Aber vorher regeln wir alles. Ein für alle Mal. Schick die Leute
weg.‹ Rosa kassiert, ich zahle. Gleichzeitig redet sie mit
ihm: ›Ein für alle Mal? Das würde dir so passen! Das
da draußen ist dein Sohn, Stronzo. Kapierst du? Dein
Sohn! Das lässt sich nicht regeln.‹ Er: ›Natürlich, alles
lässt sich regeln.‹ Sie gleich wieder auf hundertachtzig,
packt ihn, zerrt ihn zum Fenster. ›Sieh ihn dir wenigstens an!‹ Plötzlich heult er. Will nicht hinsehen, sieht
dann doch hin. Schluchzt: ›Nino, die Rakete.‹ Sie: ›Eine
Rakete wie der Vater. Tu nicht so, als hättest du nichts
von ihm gewusst.‹ Er schüttelt nur wimmernd den Kopf,

was immer das bedeuten soll. Sie: ›Du wolltest nichts wissen.‹ Er nickt so halbwegs. Sie: ›Aber jetzt willst du?‹ Schlägt ihn auf den Hinterkopf. ›Willst du, oder willst du nicht?‹ Er duckt sich, schützt sich, kriegt einen Heulkrampf. Schluchzt: ›Du verstehst nicht, Rosa, dann geht alles kaputt, Lara macht alles kaputt!‹ Sie …«

Der Tunnel kam, Bernhild bremste ab. Sie fuhr fast nur noch Schritttempo.

»›Sie‹«, wiederholte Capaul. »Was hat sie gesagt?«

»Ich hasse diesen Tunnel«, murmelte Bernhild, dann fiel ihr ein, das Licht einzuschalten. »Nichts«, erzählte sie endlich. »Das heißt, sie hat uns alle rausgeschickt und abgeschlossen. Die anderen mussten nicht mal zahlen. Ich war die Dumme, wieder mal.«

Sie fuhr noch langsamer.

»Soll ich übernehmen?«, bot er an.

»Witzbold, mitten im Tunnel? Und mit dem Arm in der Schlinge? Was ist überhaupt passiert? Du siehst aus wie ein Zombie! Was treibst du in dem Zustand in Italien?«

»Ich war wandern und bin dumm gestürzt. Hast du mich nicht vermisst? Ich lag die ganze Nacht im Wald.«

»Ich pflege meinen Gästen nicht nachzustellen«, erklärte sie unerwartet spitz.

»Ist ja auch egal«, sagte er versöhnlich. »Jedenfalls hat Depeder mich aufgesammelt …«

»Das war Depeder? Großrat Depeder?« Sie musste so heftig lachen, dass der Citroën fast die Tunnelwand touchierte. »Mensch, das hätte mir auch auffallen können.«

»Am besten vergisst du es gleich wieder.«

Sie konnte sich noch immer nicht beruhigen. »Was glaubst du denn, wer da drüben tankt? Das an der Kasse waren alles Leute aus dem Engadin.«

»Oje.«

Sie fasste sich einigermaßen wieder. »Und was treibt ihr zwei in Livigno? Ging es um Caviezel, der diesen Unfall hatte?«

Sie verließen den Tunnel.

»Ja, Rosa war seine Geliebte, oder er war ihr Kavalier, wie auch immer. Bis jetzt kam keiner auf die Idee, ihr zu sagen, dass er tot ist. Ich fand das wichtiger, als meine Kratzer zu behandeln, und Depeder hat mich netterweise hingefahren.«

»Obwohl er wusste, was ihn erwartet?«

Capaul geriet kurz ins Stottern. »Nein, das wusste er natürlich nicht«, behauptete er dann. »Ich ja auch nicht.«

»Also war es purer Zufall, dass ausgerechnet er dein Chauffeur war?«

»Ja.«

»Aber warum dann die Nummer mit dem Schlüssel?«

»Ach so.« Capaul geriet ins Schwitzen. »Als ich gesagt habe, da müssen wir raus, bei der Tankstelle, hat es bei ihm geklingelt, und er hat mir die Geschichte erzählt.«

»Ach, dann kanntest du die schon?«

Capaul wand sich. »Nein, nur in groben Zügen. Und außerdem finde ich es mindestens so erstaunlich, dass du da warst.«

»Ja, wirklich?« Sie wurde rot. »Hast du dich gefreut?«

»Na, und ob!«

»Meinst du, es war Schicksal?«

»Nun, Schicksal vielleicht nicht gerade, aber doch sehr praktisch.«

»Ach so.«

»Oder sagen wir: Das Glück des Tüchtigen.«

Darauf sagte sie nichts mehr.

Sie schwiegen, bis sie den Parkplatz Champlönch erreichten. »Dort oben ist sein Auto ausgebrannt«, erzählte Capaul und zeigte zum Abhang empor, »dort, wo es schwarz ist.«

»Ich werde den Teufel tun, jetzt da hochzusehen«, sagte sie und klammerte sich ans Steuerrad. Er bemerkte jetzt erst, dass sie Tränen in den Augen hatte.

Als sie Zernez erreichten, sagte er: »Du kannst mich beim Coop rauslassen.«

»Quatsch, du gehörst ins Krankenhaus.« Sie klang wieder gefasster. »Oder lass mich wenigstens deine Wunden desinfizieren.«

»Geht nicht, ich muss noch Meldung machen.«

»Dann warte ich eben solange. Es macht mir nichts aus.«

»Nein, nachher will ich noch nach Lavin.«

Kopfschüttelnd hielt sie beim Coop und ließ ihn aussteigen. »Ruf mich an, wenn ich dich holen soll«, sagte sie zum Abschied und fuhr weiter.

Roman schüttelte nur den Kopf, als Capaul das Revier betrat. »Barbla hatte mich ja gewarnt. Aber du siehst noch zehnmal beschissener aus, als ich mir das vorgestellt habe.«

Capaul blickte an sich hinab. »Ach, wenn ich mich erst umgezogen habe …«, sagte er. »Uniformen hübschen immer auf.«

»Uniformen? Und was willst du tun in dieser Uniform? Außendienst fällt flach, Innendienst fällt flach.«

»Ach!« Capaul winkte ab. »Ich kann vielleicht nicht Auto fahren, aber als zweiter Mann auf Streife funktioniere ich sehr gut. Und Büroarbeit erledigen kann ich auch.«

»Tippen, mit einer Hand?«

»Ich tippe immer mit zwei Fingern.«

»Überhaupt, was suchst du hier?«

»Ich will nur kurz Meldung machen. Zwei Dinge: Rosa weiß inzwischen Bescheid.«

»Wer ist Rosa?«

»Caviezels Geliebte, oder was immer sie war. Der Grund, wieso er immer nach Livigno gefahren ist.«

»Bist du da rausgefahren, in deinem Zustand?«

»Ja.«

»So, wie du aussiehst, ein Halbtoter in Zivil, verdreckt und humpelnd, konfrontierst du eine Frau mit dem Tod ihres Geliebten?«

»Ich humple nicht.«

Roman ächzte. »Du bist mehr als untauglich, Capaul.«

»Nein, das sehe ich anders«, erklärte er. »Ich bemühe mich sehr, Gislers Anweisungen zu folgen.«

»Gislers Anweisungen? ›Die Aufgabe eines Polizisten ist es zu beschwichtigen. Vertrauen zu wecken. Zu beschützen. Es ist nicht die Aufgabe eines Polizisten, Misstrauen zu sähen, Menschen zu verunsichern oder sie zu provozieren.‹«

»Genau.«

»Ja, genau«, sagte Roman. »Denk besser noch mal darüber nach. Damit du eine Antwort hast, wenn Gisler dich morgen fragt, was zum Teufel in dich gefahren ist. Er will dich nämlich sehen, hier um halb acht. Aber vielleicht bist du ja dann auch wieder krankgeschrieben. Was war das Zweite?«

»Wie bitte?«

»Die zweite Meldung.«

»Ach so, ja. Die Zaunbatterie ist wieder aufgetaucht. Das Fabrikat stimmt nicht überein, aber da hatte sich der Bauer wohl geirrt. Ich habe sie ihm hingestellt.«

»Welches Fabrikat war es denn?«

»Ranger. Er hatte Voss gesagt, glaube ich. Aber ist doch egal.«

Roman sah ihn schief an. »Was heißt hier ›egal‹? Womöglich ist das versuchter Versicherungsbetrug. Ich gehe dem nach.«

»Er hatte einen Wert von hundertfünfzig Franken angegeben«, erklärte Capaul. »Viel billiger kann die andere nicht sein. Ich meine, ist es in Gislers Sinn, wegen einer solchen Lappalie eine Untersuchung zu starten? Nur weil du gerade schlechter Laune bist?«

Roman hatte zu tippen begonnen und sah nicht mehr auf. »Den Unterschied zwischen Großzügigkeit und Mauschelei lass dir am besten morgen von Gisler selbst erklären«, murmelte er nur, und als Capaul sich verabschiedete, bewegte er unmerklich den Kopf.

Capaul ging zum Bahnhof. Inzwischen war der Himmel dicht bewölkt, der Abend dämmerte. Die Luft war kalt und klar und roch nach Rauch, in den Stuben wurde wieder geheizt. Während er auf den Zug nach Lavin wartete, legte Capaul sich zurecht, was er Meta sagen wollte.

Doch das war alles vergessen, als er die gepflasterte Gasse entlang auf ihr Haus zuging. Meta saß auch diesmal auf dem Bänkchen hinter ihrem Haus, sie hatte eine Wolldecke über die Knie gebreitet. »Ich habe schon gehört, dass du ramponiert bist«, sagte sie, nachdem sie ihn gemustert hatte, und rutschte etwas, um Platz zu machen. »Wir waschen die Schrammen mit Birkensud aus. Und das Schlüsselbein ist gebrochen? Aber das wächst von selber wieder zusammen. Wie ist es denn passiert?«

»Tumasch hat mir keine Ruhe gelassen«, gestand er. »Ich wollte sichergehen, dass er nicht irgendwo liegt und leidet. Dabei bin ich ausgerutscht, vielleicht hat mich auch ein Stein getroffen. Jedenfalls bin ich ziemlich tief gefallen.«

»Da hattest du noch Glück. Und was Tumasch angeht, bist du dir da jetzt sicher?«

»Ja, inzwischen war auch der Hubschrauber oben, mit der Wärmebildkamera. Der entgeht nichts.«

Meta nickte. »Das Wetter hatte alle verrückt gemacht. Ich bin froh, dass der Winter kommt. Auch für Tumaschs arme Seele. Die nächsten Monate herrscht dort oben endlich Ruhe.«

Kaum hatte sie fertig gesprochen, als erste Schneeflocken fielen. Staubrote Flocken.

Meta lachte. »Roten Regen habe ich ja schon erlebt, wir nennen ihn plövgia da sang, Blutregen. Aber roten Schnee noch nie.«

Capaul durchfuhr unwillkürlich ein Schauer.

»Der wird schon noch weiß«, sagte sie beruhigend und legte die Hand neben seine auf die Bank, sodass ihre kleinen Finger sich berührten.

Eine Weile sahen sie dem Schneetreiben zu, das schnell dichter wurde. Die Bergflanke und der Einstieg in die Val Lavinuoz waren bereits nicht mehr zu sehen.

Dann fiel Meta ein: »Die mittlere Wohnung wird frei. Die Pianistin hat ein Stipendium in London bekommen.«

Capaul wartete darauf, dass sie fortfuhr, doch offenbar hatte sie alles gesagt. »Keine Polizisten, keine Abenteurer«, antwortete er, »erinnere ich das richtig?«

Sie nickte.

»Nicht, dass mir Ähnliches nicht auch schon durch den Kopf geschossen wäre«, gestand er. »Die Sache ist nur, der Tod meiner Mutter, oder besser ihr langes Sterben, hat mich finanziell ganz schön in was reingeritten. Deswegen bin ich überhaupt Polizist geworden. Die Ausbildung dauert nur ein knappes Jahr und ist bezahlt, danach verdient man sofort gutes Geld.«

»Gutes?«

»Man verdient jedenfalls. Und kündige ich die Stelle, muss ich die Ausbildungskosten übernehmen. Das sind allein schon zwanzigtausend Franken.«

»Und wenn sie dich entlassen?«

Er lachte verblüfft. »Da müsste ich mich erkundigen.«

Inzwischen war es Nacht geworden. Im Haus brannte kein Licht, und auf der dem Berg zugewandten Dorfseite standen keine Straßenlaternen. Es war so finster, dass sogar die Schneeflocken vor ihren Nasen nur noch zu erahnen waren. Capaul wagte es, nach Metas Hand zu greifen, doch sie entzog sie ihm.

»Das Dorf hat Katzenaugen«, flüsterte sie.

»Ich hasse Katzen«, flüsterte er zurück und brachte sie damit zum Lachen.

»Rate, wer angerufen hat«, bat sie etwas später.

»Der Pfarrer?«

»Nicht ganz, die Glückskette. Nach dem Bergsturz in Bondo wurde so viel gespendet, dass sie nicht wissen, wohin mit all dem Geld. Einen Überbrückungsbeitrag bekomme ich sofort, zehntausend, einfach so. Außerdem wollen sie mir helfen, ›eine neue Existenz aufzubauen‹. Ich habe ihnen gesagt, ich würde gern das Haus renovieren, dann könnte ich mehr Miete verlangen. Das letzte Mal hat mein Großvater etwas daran gemacht, das war vor sechzig Jahren. Der Herr von der Glückskette fand das eine tolle Idee.«

»Gratuliere.«

»Warte, es kommt noch besser. Ich habe gefragt: ›Wie steht es mit Eigenleistungen? Wenn ich selber Hand anlege oder ein Freund, kann ich dann einen Lohn auszahlen?‹ ›Ja, natürlich‹, hat er gesagt, ›Arbeit ist Arbeit.‹« Sie wartete auf eine Reaktion. »Und, was sagst du?«

Capaul zögerte. »Können wir die Bank auf die andere Hausseite tragen?«, bat er schließlich. »Hier ist es so düster.«

»Klar doch.«

Gemeinsam trugen sie das Bänkchen ums Haus. Von dort sah man auf den hell erleuchteten Dorfplatz. Der Schnee fiel in großen, weichen Flocken und war inzwischen fast weiß, nur selten mischte sich noch eine rosafarbene darunter.

Capaul setzte sich, Meta allerdings blieb stehen. »Ich gehe und wärme das Essen auf«, sagte sie und legte ihm die Wolldecke um. »Heute gibt es Bohnensuppe. Danach ziehen wir dich aus und behandeln deine Schrammen.«

»Und die Katzenaugen?«

Meta lachte verlegen. »Warte nur, mir fällt schon noch eine Antwort ein.«

Er sah ihr nach, bis sie im Haus verschwunden war. Vielleicht fühlte sie seinen Blick, denn sie schwenkte die Hüften wie ein kesses Mädchen. Nun lag der Dorfplatz schon unter einer weißen Decke und knirschte, wenn ein Auto im Schritttempo darüberrollte. Capaul stellte sich die Totenstille in der Val Lavinuoz vor und Tumaschs Leiche, irgendwo verkrümmt in einer Felsspalte, die der Schnee nach und nach verschloss. Da kam Meta nochmals aus dem Haus, um Holz zu holen. Die Ärmel hatte sie inzwischen hochgekrempelt, und ihr Gesicht war gerötet.

»Essen?«, fragte er.

»Fast«, sagte sie. »Mir ist eine Antwort eingefallen. Früher war es hier nämlich ganz normal, dass im Winter alle im selben Zimmer schlafen, um Feuerholz zu sparen.« Gleich darauf rief sie: »Furchtbar, ich schäme mich so!

Ich habe das noch nie gemacht!« Ihre Wangen glühten so heftig, dass sie das Holz fallen ließ und die Hände darauflegte.

»Was nicht gemacht?«

»Geflirtet, Dummkopf! Ich bin eine blutige Anfängerin. Und jetzt sag schon was!«

Aber ihm fiel auch nichts ein, daher hob er nur das Holz auf, so gut das mit einem Arm ging, und folgte ihr ins Haus.

Weitere Kampa Bücher stellen wir Ihnen auf den folgenden Seiten vor. Das Gesamtprogramm finden Sie auf: www.kampaverlag.ch

Wenn Sie zweimal jährlich über unsere Neuerscheinungen informiert werden möchten, schreiben Sie uns bitte an newsletter@kampaverlag.ch oder Kampa Verlag, Hegibachstr. 2, 8032 Zürich, Schweiz.

SCHWEIZER KRIMIS
IM KAMPA VERLAG

Gian Maria Calonder
Engadiner Abgründe
Endstation Engadin
Engadiner Bescherung
Massimo Capaul ermittelt

Sandra Hughes
Tessiner Verwicklungen
Der erste Fall für Tschopp & Bianchi

Hansjörg Schertenleib
Die Hummerzange
Im Schatten der Flügel
Maine-Krimis mit Corinna Holder

Kaspar Wolfensberger
Gommer Sommer
Der erste Fall für Kauz

Weitere Fälle in Vorbereitung